suhrkamp taschenbuch 3965

Ein Foto und eine Telefonnummer sind alles, was Thomas von der alten Dame erhält, die bei einer Lesung in einer Kleinstadt am Rhein plötzlich vor ihm steht. Vor vielen Jahren sei sie die Geliebte seines Vaters gewesen, erzählt sie ihm und bittet ihn, sich doch bald einmal mit ihr zu treffen. Doch Thomas ruft nicht an, schiebt die Gedanken daran hartnäkkig weg – bis er eines Tages die Nachricht von ihrem Tod erhält. Der Brief stammt von ihrer Tochter Vera, die ihm vom »Liebesarchiv« der Mutter berichtet, von den Zeugnissen der großen Liebe ihres Lebens, die sie über all die Jahre aufgehoben hat. Zunächst voller Unwillen, dann mit wachsender Faszination beginnt Thomas gemeinsam mit Vera dem Vergangenen nachzugehen, dem Sommer des Jahres 1954, in dem sein Vater für mehrere Monate verschwunden war. Seine Spurensuche führt ihn zu einer außergewöhnlichen Entdeckung: zu einer Liebesgeschichte und zum Bild eines Vaters, das mancher geahnt, aber keiner gekannt hat.

»Urs Faes verzaubert. ... Selten ist ein Buch so feinfühlig in seinen Schilderungen und gleichzeitig spannungsgeladen wie ein exzellenter Krimi.« *Der Bund*

Urs Faes, geboren 1947, lebt und arbeitet in Zürich und San Feliciano. Für sein Werk ist er mehrfach ausgezeichnet worden, unter anderem mit dem Schillerpreis der Schweiz. Zuletzt erschienen die Erzählung *Paris. Eine Liebe* (2012) sowie die Romane *Paarbildung* (st 4308) und *Als hätte die Stille Türen* (2005).

Urs Faes
Liebesarchiv
Roman

Suhrkamp

Umschlagfoto:
Herbert Sonnenfeld, © Beth Hatefutsoth Photo Archive,
The Sonnenfeld Collection / The Museum of the Jewish
Diaspora, Tel Aviv

3. Auflage 2013

Erste Auflage 2008
suhrkamp taschenbuch 3965

Suhrkamp Taschenbuch Verlag

Druck: Druckhaus Nomos, Sinzheim
Printed in Germany
Umschlag: Göllner, Michels, Zegarzewski
ISBN 978-3-518-45965-2

Es fehlt uns etwas,
ich habe keinen Namen dafür.

Georg Büchner

1

Ich wartete.

Ich war mit niemandem verabredet.

Ich wartete, unschlüssig, was ich tun sollte, ungehalten darüber, daß ich die Zeit nicht richtig eingeschätzt hatte, viel zu früh eingetroffen war und nicht wußte, was ich anfangen sollte, in dieser winterlich kalten Kleinstadt am Rhein, in der ich niemanden kannte. Ich schlenderte durch die Altstadtgassen, die menschenleer waren, die Schaufenster erleuchtet, Weihnachtsschmuck, Tannenbäume, Lichterketten.

Ich spürte die Kälte, schauderte leicht, steckte die Hände in die Taschen. Eine Katze strich vorbei, von der Brücke drang Verkehrslärm herüber.

Ich war froh, mit niemandem verabredet zu sein. Ich würde mich pünktlich zur Lesung einfinden, hatte ich mitgeteilt, aber keineswegs früher.

Es war wenige Tage nach Allerheiligen, ein typischer Novembernebeltag, feucht und grau; wenigstens hatten die wochenlangen Regenfälle, die zu Erdrutschen und Schlammströmen geführt hatten, aufgehört.

Allerheiligen hatte mich veranlaßt, auf dem Weg zur Lesung einen Abstecher ins Dorf meiner Kindheit zu machen und das Grab meines Vaters zu besuchen.

Das fernab gelegene Tal im schweizerischen Mittelland zwischen Jura und Alpen ist bis heute ländlich geblieben, kleine Dörfer, Weiler, einsame Gehöfte. In diesem Tal, das an Föhntagen den Blick freigibt auf die

Schneeberge und dessen Flüsse bei Regen das Hochwasser in Aare und Rhein nordwärts tragen, hatte mein Vater sein ganzes Leben verbracht, hier war er auch gestorben, in diesem Dorf unterhalb der Moräne: Thalheim. Er war vor zehn Jahren als hartnäckiger Protestant ausgerechnet am katholischen Totensonntag beigesetzt worden und hätte das zweifellos als weitere Demütigung empfunden. Auch dieses Jahr war das Grab wieder reichlich mit Blumen geschmückt, Mutter, meine Geschwister, Tanten und Onkel trugen noch immer, Jahr für Jahr, ihre Gebinde ans Grab.

Und jedes Jahr lag dieser Blumenstrauß da, auf dessen Schleife in altertümlicher Wendung eine »Verehrerin« dem Toten »ewige Ruhe und stilles Eingedenken« entbot. Schon bei der Beerdigung war diese Schleife aufgefallen. Mutters tränenaufgelöstes Gesicht verwandelte sich für Sekunden, wurde starr und hart; ihre Stimme kehrte sich aus dem Schluchzen in ein Stammeln und mündete mit ärgerlichem Unterton in die Frage, von wem denn dieser Strauß sei. Niemand wußte es. Alle ahnten Unheil und schwiegen. So war es in unserer Familie, wenn etwas Unvorhergesehenes eintrat. Das Schweigen dauerte und deckte alles zu. Nie werde ich das verstörte Gesicht meiner Mutter vergessen. Schnell fand sie in die Rolle der trauernden Witwe zurück, in den Fluß der Tränen, ins Aufgelöstsein und, bedenkt man, wie sie den Vater gepflegt hatte, ins Erlöstsein. Wenige Tage nach der Beerdigung war der Strauß mit der Schleife verschwunden, aber jedes Jahr an Allerheiligen war wieder einer da, mit der gleichen Schleife, mit der gleichen Aufschrift.

Ich war nicht lange auf dem Kirchhof geblieben; dennoch hatte der Gang über die Gräber die Erinnerung an Menschen wachgerufen, an meinen Vater, meinen Bruder Michael, der immer Michi oder einfach der Kleine geblieben war, bis zu seinem frühen Tod; an Rosenzweig, der mir von Rabbi Ben Elieser und vom Balschem-tow erzählt hatte; ich dachte an Tante Julie und ihre Nußhörnchen mit Marzipan, die ebenso zu meiner Kindheit gehört hatten wie die Moräne mitten im Tal, die Zuckerwatte auf dem Jahrmarkt und die wochenlangen dichten Nebel im Spätherbst.

Zu rasch war ich weitergefahren und nun doch viel zu früh da. Die Lesung würde die letzte des Jahres sein, im Dezember sind die Leute mit anderem beschäftigt als damit, einem Autor zuzuhören.

Ich war nicht unglücklich darüber; die Reisen der vergangenen Monate hatten mich müde gemacht.

Ich sehnte mich nach der Ruhe meines Arbeitszimmers. Dort konnte ich vom Fenster auf den Park hinunterschauen, wo Mütter mit ihren Kindern spielten, und hinein in die Straßen, mitten ins Leben, ohne selbst darin sein zu müssen. Ich konnte, am Fenster stehend, das Grölen der Trinker auf dem Gehsteig hören, die Einfahrt der Züge im nahen Bahnhof bei der Nordbrücke, und mir das Rauschen der Limmat vorstellen, die ich nicht sehen, nicht hören, aber manchmal riechen konnte.

Die Frau stand vor dem Lokal und schaute sich nach allen Seiten um. Sie kam so direkt auf mich zu, als hätte sie schon lange auf mich gewartet. Ich kannte sie nicht, ich hatte sie nie zuvor gesehen. Sie faßte mich am Ärmel und zog mich vom Eingang weg.

Nur ein paar Minuten, bat sie.

Sie führte mich in eine Seitengasse, legte mir die Hand unters Kinn und sah mich lange an.

Sie sind wirklich sein Sohn, sagte sie und fuhr mir mit der Hand sachte über Haar und Wangen, als müßte sie sich vergewissern, daß es mich tatsächlich gab.

Mir blieb keine Zeit, mich zu wundern.

Ich habe ihn geliebt, sagte sie, bevor ich eine Frage stellen konnte.

Wir setzten uns, beide in Wintermäntel gehüllt, auf eine Bank.

Ein Windstoß fuhr in die Kleider, schüttelte die Weihnachtsbeleuchtung, Kerzen und Sterne, die zwischen den Häusern der Gasse hingen. Einzelne Menschen näherten sich dem Lokal, einem ehemaligem Zunfthaus, in welchem die Lesung stattfinden würde.

Er ist die große Liebe meines Lebens gewesen, all die Jahre. Ich habe ihn nie vergessen; ich habe nur einen Sommer mit ihm gelebt, ein Sommer, in welchem der Mond die Sonne verdunkelte.

Sie streckte mir eine Fotografie entgegen.

Ich schaute demonstrativ weg.

Der Satz, den sie gesagt hatte, schwebte als Atemhauch in der Luft, stieg als kleine Wolke auf.

Wegschauen geht nicht, sagte sie und hielt mir die Fotografie vors Gesicht.

Ich blickte auf ihre Hände, dann auf das Bild, dann wieder auf sie. Ihr Gesicht war schmal, durchlässig vom Alter, aber ihre Gesten wirkten lebhaft, freudig; die junge Frau auf dem Foto schien mir stiller, nachdenklicher, geradezu in sich gekehrt; sie hatte zweifellos etwas Anziehendes. Das sah ich gleich; eine Stifter-Schönheit, dachte ich unwillkürlich.

Ich war ein verträumtes Ding, damals, voller Sehnsüchte, die rasch in einer frühen Ehe erstickt wurden. Nur Ihr Vater –

Sie brach ab, nahm meine Hand, drückte sie.

Sie sehen ihm ähnlich.

Ich blickte nochmals auf das Foto, es war mein Vater, zweifellos, noch keine dreißig, auf dem Gesicht keine Spur jenes gequält stoßweisen Atmens, das ihm später das Leben schwermachte, ihn früh invalid werden ließ.

Auch er hatte jung geheiratet, mit sechsundzwanzig, während des Krieges, als er am Rhein Grenzwachtdienst leistete.

Die Fotografie erinnerte mich an eine andere, die ich einmal im Sekretär meines Vaters entdeckt und lange betrachtet hatte. Der Sekretär stand im Keller, ein Geheimschrank, in welchem der Vater jene Dinge verwahrte, die aus früheren Jahren stammten und vom Haushalt geschieden sein sollten. Auch meine Mutter besaß so eine Geheimtruhe. Meist war der Sekretär des Vaters verschlossen, doch manchmal vergaß er den Schlüssel herauszuziehen, das gab mir schon als Kind die Gelegenheit zum Stöbern. Im Laufe der Jahre fand ich darin immer neue Dinge: Hefte der Lichtfreunde, wie sich die Anhänger der Freikörperkultur nannten, die sich nackt dem Sonnenbad hingaben, Briefe, alte Zeitungen.

Es wurde eine seltsame Lesung.

Die Frau saß in der vordersten Reihe und sah mich unverwandt an. Von Zeit zu Zeit machte sie sich Notizen in ein Heft. Das irritierte mich auch deshalb, weil ihre Worte nachklangen. Sie sei schon öfter bei Lesungen von mir gewesen, hatte sie gesagt, besonders, seit mein Vater nicht mehr da war.

Sie werden ihm immer ähnlicher.

Wir hatten vor der Eingangstür zum Lokal gestanden, als sie vorschlug, daß wir uns bald einmal treffen und reden sollten, ich möge sie doch anrufen. Bald, bat sie und steckte mir einen Zettel zu, ein Name, der mir nichts sagte, Anna Altmann, und eine Telefonnummer.

Auf die Lesung folgte eine der üblichen Diskussionen, mit den üblichen Fragen: wie autobiographisch die erzählte Geschichte sei, wie ich Distanz fände zum Erlebten, um es darstellen zu können.

Ich hatte Antworten bereit.

Sie fragte mich, warum ich die Männer so oft als schwach, ja geradezu lebensunfähig darstellen würde, sie verstehe das nicht.

Ich suchte nach Sätzen, äußerte etwas über die Verunsicherung der Männer durch den sozialen Wandel, der ihnen die klassische Rolle genommen und keine andere zugedacht habe.

Sie hakte nach, wollte das genauer ausgeführt haben.

Viele Männer sind auf der Suche, während die Frauen längst unterwegs sind; die Frauen wollen keine suchenden Männer, sie wollen Männer und Ankunft.

Ich hoffte, sie würde es dabei belassen. Doch sie wollte wissen, warum Wut und Streit in fast allen meinen Texten fehlten und die Konflikte immer unterschwellig loderten. Warum das so sei, fragte sie, und warum die leidenschaftliche Hingabe, die große Passion, die Männer, und Frauen besonders, immer wieder aus der Bahn werfen würde, von mir nie dargestellt worden sei?

Ich reinigte meine Lesebrille.

Ich weiß nicht alles, was beim Schreiben passiert. Auch wenn ich bewußt arbeite, schiebt sich beim Erzählen oft etwas an die Oberfläche, was erzählt sein will, was nicht geplant oder beabsichtigt war. Und vielleicht ist gerade dieses Unbeabsichtigte, irgendwie Unterschwellige das Spannende, das Überraschende, das man nur im Schreiben findet.

Vielleicht stolpere ich auf diese Weise auch einmal in die große Passion. Aber bewußt suchen kann man sie wohl nicht, weder im Leben noch im Schreiben. Sie überfällt uns allenfalls.

Sie nickte und senkte das Gesicht.

Als ich später am Tisch saß und Bücher signierte, stand sie die ganze Zeit nah an meiner Seite, zu nah, und sah auf mich hinunter. Ich fürchtete, sie würde ihre Hand auf meine Schulter legen, meinen Nacken berühren, meinen Scheitel küssen.

Doch als der Präsident der örtlichen literarischen Gesellschaft zu einem Glas Wein einlud, verabschiedete sie sich mit einem raschen Händedruck, etwas unzufrieden, so kam es mir vor, und verschwand.

Niemand wußte, wer sie war.

Sie müsse von auswärts gekommen sein, sagte der Präsident, der sonst alle Besucherinnen zu kennen schien.

Ich verabschiedete mich bald und fuhr in die Nacht hinaus.

Kaum hatte ich die Autobahn erreicht, begann es zu schneien. Während die Flocken immer dichter fielen, ließen mich die Gedanken an die Begegnung mit dieser

Frau nicht los, ich erinnerte mich an den Druck ihrer Hände, ihre Stimme, ihre schnell gesagten Sätze, die mir kaum Zeit zum Nachdenken und schon gar nicht für eine Antwort gelassen hatten.

War der Sommer, von dem sie gesprochen hatte, jener, in welchem Michi und ich mit verrußten Gläsern die Sonnenfinsternis beobachtet hatten und mißmutig waren, weil der Vater nicht da war und wir mit Tante Julie vorliebnehmen mußten? Oft hatte ich in diesem Sommer wach gelegen und hinuntergeblickt auf den kleinen Hof hinter dem Haus und auf den Kiesweg, der durchs Quartier führte; ich hatte auf die Schritte des Vaters gelauscht.

Der in Schnee übergehende Regen zwang mich zu langsamem Fahren, Schneematsch spritzte auf, die Scheibenwischer schossen schabend über das Glas.

Ein anderes Bild tauchte vor meinen Augen auf, eine junge Frau, von Vaters Armen umfangen; langes, dunkles Haar, das tief in die Stirn fiel. Eine Fotografie, die ich als Kind im Sekretär meines Vaters gefunden hatte. War es dieselbe Person? War die Ähnlichkeit ein Zufall, eine bloße Einbildung? War sie die Frau, die ich auf dem Bild, in Vaters Armen gesehen hatte?

Oder gab es mehrere unbekannte Geliebte?

Ich stutzte. Einen solchen Gedanken hatte ich bisher nicht für möglich gehalten.

Der Schnee fiel in dichten Flocken, so daß ich anhalten mußte. Ich lehnte mich zurück, spürte die Müdigkeit.

Der Sommer der Sonnenfinsternis war jener Sommer gewesen, in welchem der Vater zu einer Expedition aufgebrochen war und uns, die Mutter und mich und den kleinen Michi, allein zurückgelassen hatte; der Sommer, in welchem mein Bruder endgültig ins Heim mußte; in diesem Jahr wurde im Fluß auch jener Tote gefunden, über den sich alle wunderten.

Ich wartete im Auto am Straßenrand. Die Gegend schien verlassen; an den Hängen vereinzelte Lichter, alles still. Mir war, als tauche ihr Gesicht aus dem Dunkel auf, als käme sie langsam auf mich zu, in wechselnder Gestalt, mal als junges Mädchen, mal als alte Frau; und ihre Stimme wäre die gleiche, vom gleichen Klang, flehend und fordernd zugleich; die Stimme einer Liebenden.

2

Ich hatte nach der Begegnung versucht, mich genauer an das Foto in Vaters Sekretär zu erinnern. Ich wollte wissen, was es mit meinem Vater und dieser Anna Altmann zu tun hatte; ich war mir, je länger ich darüber nachdachte, nicht sicher, ob es sich um dieselbe Frau handelte oder bloß um eine Ähnlichkeit.

Vielleicht zögerte ich das Telefonat deshalb hinaus.

Wann hatte ich das Foto aus dem Sekretär zum ersten, wann zum letzten Mal in den Händen gehalten? Ich wußte, daß ich es in frühen Kindheitsjahren einmal gesehen hatte, aber später?

Die Fotografie hatte mit anderen in einer Blechschachtel gelegen, die ich einmal an mich genommen hatte. Es waren Schwarzweißaufnahmen gewesen, verblichene, mit gezackten Rändern, Fotos, die meinen Vater als jungen Mann zeigten, um die zwanzig; ein knochig schmales Gesicht, das schwarze Haar zurückgekämmt, gescheitelt. Er trug einen dunklen Anzug, das Jackett leicht geöffnet, ein weißes Hemd, unter dessen Kragen eine Krawatte gebunden war, der Knopf schräg verrutscht.

Nichts verriet den Bauern, der Vater damals noch war, und nichts wies auf die Bitterkeit hin, die später auf seinem Gesicht lag.

Und was war mit dieser fremden Frau, ja überhaupt mit Frauen, an die ich mich auf Bildern zu erinnern glaubte, Frauen in langen Röcken, darüber weiße Blusen, mit Spitzen, gehäkelt und geklöppelt.

Ich versuchte, mit Strichen das Gesicht nachzuzeichnen, als müßte ich ein Fahndungsbild herstellen. Die Arbeit machte mich unwillig; statt präziser zu werden, schien sich das Bild immer weiter zu entfernen.

Ich ärgerte mich, das Foto ließ mir keine Ruhe. Dann, irgendwann, fiel mir ein, daß auf der stockfleckigen Rückseite eine Widmung gestanden hatte: *Für R.* Für meinen Vater also. Darunter eine mit Tinte gezeichnete Blume. Und in der unteren Ecke: *Deine Dich immer...* Deutliche Kratzspuren verrieten, daß Wörter getilgt worden waren. Ich meinte mich zu erinnern, wie mein Vater mich einmal mit dem Foto erwischt und es mir entrissen habe. Und eines Nachmittags, als er schon lange krank war, forderte er mich auf, die Blechschachtel zu holen.

Im Sekretär lagen auch Zeitungsausschnitte, Karten, und einige Briefe, die meine Eltern sich vor der Ehe geschrieben hatten. Ich hatte in diesen Briefen gelesen, die zu zwei kleinen Bündeln verschnürt waren. Mutters Briefe waren umfangreicher, aber die knappen meines Vaters hatten mich stärker gefesselt. Der eine oder andere Satz war mir geblieben: »Wie durchhalten, wie weiterleben in dieser Zeit?« Was hatte er damit gemeint?

Ich hatte ihn nie zu fragen gewagt, die Mutter auch nicht. Meine Neugier hätte beide gegen mich aufgebracht: Sie bestanden, beide, auf Geheimnissen.

Der Sekretär zog mich an, immer wieder, ich hoffte, ihn irgendwann in Ruhe durchstöbern zu können, zu lesen und zu betrachten, was ich fand. Ich hätte gerne mehr aus dem Leben meines Vaters erfahren. Ich wußte wenig über ihn, kaum etwas über seine Jugendjahre. Er hatte selten darüber erzählt, schon gar nicht von seinen Träumen. Als er krank geworden war, verstummte er. Der Sekretär war nun immer verschlossen. Das bestätigte meinen Verdacht von dunklen Geheimnissen. Die haben Leichen im Schrank, sagte ich zu Michi. Eichen im Schrank, wiederholte der.

Als wir nach Vaters Tod den Sekretär gewaltsam öffneten, waren die Fotos verschwunden. Leer all die kleinen Schubladen mit den Holzknöpfen, ich zog eine nach der anderen heraus. Übriggeblieben war nur dieser Geruch von feuchtem Holz, da und dort eine Delle, der Strich von einem Bleistift. Und ein paar Zeitungsausschnitte, Todesanzeigen aus der Familie meines Vaters, Lebensmittelkarten aus der Kriegszeit und andere Kleinigkeiten, nichts Persönliches. Ich war enttäuscht.

Vater habe alles heimlich verbrannt, behauptete die Mutter, habe immer wieder Dinge verschwinden lassen, auch aus ihrer gemeinsamen Zeit.

Wann hatte ich dieses Foto zuletzt gesehen, das Vater mit einer Frau zeigte? Ich ärgerte mich über meine bruchstückhaften Erinnerungen, Schemen und schummrige Konturen hinter getrübtem Glas.

Lag es an diesem Ärger, daß ich mit der Frau keinen Kontakt aufnahm, obwohl ich es mir vorgenommen hatte? Fürchtete ich, mich mit meiner Unwissenheit lächerlich zu machen?

Was auch immer.

Der Zettel mit der Telefonnummer, den sie mir gegeben hatte, blieb liegen, vom alten ins neue Jahr, ein Jahr, das mit Eisstürmen über Westeuropa und mit neuen Enthüllungen über die Kriegsvergangenheit unseres Landes begann. Ich schob den Anruf immer wieder hinaus. Vielleicht war ich zu sehr mit mir selbst beschäftigt, weil Kristin, meine langjährige Freundin, sich entzogen hatte und mich über ihre Gründe rätseln ließ.

Im Frühling erreichte mich überraschend ein Brief; er berichtete in kurzen Worten vom Tod einer Frau, Anna Altmanns. Er enthielt auch das Foto, das sie mir vor der Lesung gezeigt hatte, das Bild von meinem Vater und der Frau. Die Schreibende, Vera Altmann, offenbar die Tochter von Anna, teilte mir ferner mit, ihre Mutter habe einige Sachen für mich zurückgelassen, darunter eine Kasperlefigur, einige Briefe und Fotografien. Sie bat mich, doch vorbeizukommen und die Sachen zu holen.

Erst schob ich das Foto weg, vergeblich. Ich schaute es an, legte es weg, schaute es wieder an.

Mit einemmal wurde mir klar, was in meiner Erinnerung die Verbindung von diesem Liebespaar zu dem Bild im Sekretär meines Vaters hergestellt hatte. Es war nicht das Gesicht der Frau, auch nicht das meines Vaters, sondern das eines Mannes, der, leicht schräg dahinter, ebenfalls auf dem Foto zu sehen war. Ich hatte diesen Mann ausgeblendet, wegretouchiert in meiner Erinnerung. Das Auffällige war nicht sein kaum erkennbares Gesicht, sondern seine Hand, die mit einer seltsamen Geste, Halt suchend, die Schulter der Frau umklammerte, während diese die Hand abzuschütteln suchte, wie ein lästiges kleines Ding. Diese Geste hatte mich damals stark berührt.

Ich wußte jetzt auch wieder, wann ich dieses Foto gesehen hatte: in jenem Sommer, in welchem mein Vater uns verlassen hatte. Tante Julie kam regelmäßig ins Haus, um der Mutter beizustehen. Sie hatte Michi und mich auf die Idee gebracht, Glasscherben an einer Kerze mit Ruß beschlagen zu lassen, damit wir, ohne geblendet zu werden, die große Sonnenfinsternis, die einzige, an die ich mich erinnere, verfolgen konnten. Wir verschmierten uns mit der rußigen Scherbe das Gesicht, die Hände und die Kleider; und weil Michi sich mit seiner Scherbe sogar in die Finger schnitt, verpaßten wir beinahe den Höhepunkt der Finsternis. Aber dann, genau über unserem Hügel, dem Stübis, schob sich der Mond vor die Sonne; zu unserer Enttäuschung wurde es nicht dunkle Nacht, aber wir sahen hinter unserer Scheibe, wie der Mond die Sonne zudeckte. Wir schauten auf die Uhr, es war 13 Uhr 52, das Datum habe ich aufgeschrieben: 30. Juni 1954. Der Vater war seit fast fünf Wochen fort. Während Tante Julie geduldig Michaels blutenden Finger behandelte und dem Kleinen Gesicht und Hände wusch, erzählte sie uns, was sie über die Sonnenfinsternis wußte: die verfinsterte Sonne stehe im Sternbild der Zwillinge, bedecke den Jupiter und lasse die Venus sichtbar werden; solche Erscheinungen seien früher als Vorzeichen von Unheil oder gar des Weltunterganges gedeutet worden; auch jetzt sei in manchen Zeitungen von kommendem Unheil die Rede.

Der Sommer war heiß und trocken, es war nichts von Unheil und Weltuntergang zu spüren, aber der erste Sommer ohne den Vater, ein Sommer, in dem ich meine Bauklötze und den Meccanobaukasten nur noch selten hervorzog und kaum Lust verspürte, meine Morseübungen wiederaufzunehmen. Die verrußte Scherbe lag noch Jahre auf meinem Büchergestell, später legte ich sie in jene Schachtel, in der auch meine Briefe aufbewahrt waren.

3

Die Maschine der Air Baltic flog mit Verspätung von Kopenhagen weg. Heftige Stürme noch Anfang April, Schnee und Regen, führten zu immer neuen Startverschiebungen.

Das Warten störte mich nicht, ich hing meinen Gedanken nach, die Gespräche in Riga sollten sich um das Thema Heimat und Herkunft drehen, um Gedächtnis und Erinnerung.

Die meisten der wartenden Passagiere schienen heimkehrende Letten zu sein, mit unzähligen Plastikbeuteln und vollen Einkaufstaschen, viele Frauen in Miniröcken, trotz Schneesturm. Eine Gruppe von Russen in Trainingsanzügen, rauchend und laut.

Endlich wurden wir zum Boarding aufgefordert. Die Maschine war bis auf den letzten Platz besetzt. Das Personal begann kurz nach dem Start Verpflegung auszuteilen: wieder die klebrigen SAS-Nudeln, die mir schon auf dem Flug von Zürich nach Kopenhagen Übelkeit verursacht hatten. Ich winkte dankend ab.

Von keiner anderen Stadt der Welt hatte ich ein so bestimmtes, mit genauen Einzelheiten gespicktes Bild im Kopf wie von Riga, obwohl ich nie dort gewesen war. Die Mutter hatte mir, dem Kind, von Riga erzählt; auch sie kannte die Stadt nur aus den Erzählungen eines jungen Mannes; er war Flüchtling, hatte sie gesagt.

Der Flug war unruhig, der Pilot sprach von Turbulenzen, die Nudeln fielen auf Sitze und Röcke, Papiertüten wurden vor die Münder und über die Knie gehalten.

Von diesem Mann war der Mutter ein Bild von Riga und den Stränden der Baltischen See geblieben, und ein Traum, der in den Norden ging. Bis ins hohe Alter bewahrte sie einige Habseligkeiten auf, die der flüchtige Flüchtling ihr überlassen hatte.

Riga hatte sie nie gesehen, aber sie war mit den Türmen der Jakobikirche und der Petrikirche vertraut, mit den Farbschattierungen des Eises auf der winterlich zugefrorenen Düna, dem Geschmack der österlichen Stopfkuchen und den geflochtenen Judenbroten aus ungesiebtem Weizenmehl. Und manchmal zitierte sie Verse des lettischen Dichters Rainis, die einzigen, die sie auswendig kannte.

Trotz Turbulenzen setzte das Flugzeug rechtzeitig zur Landung an. Der heftige Applaus beim Aufsetzen der Maschine verriet, wie groß die vorausgegangene Anspannung unter den Passagieren gewesen war. Niemand mochte Turbulenzen.

Die Beamten des unabhängigen Lettland legten Wert auf schnelle Abfertigung, als müßten sie täglich beweisen, daß vom sowjetischen Schlendrian wirklich nichts geblieben war.

Der Taxifahrer sprach ein russisch klingendes Englisch, einem eigenwilligen Esperanto ähnlich; aber ich verstand, daß er in Dollar bezahlt werden wollte. Dafür rühmte er mein Hotel. Das Radi un draugi liege zentral; an der Mārstaļu iela, buchstabierte er, *a nice place in the old town.* Ich nickte und war der Dame von der Botschaft dankbar für die gute Wahl. Sie hatte aus einem meiner Bücher jene Kapitel, die auf alte Beziehungen zwischen der Schweiz und den baltischen Staaten hinwiesen und ein Bild von Riga in den dreißiger Jahren zeichneten, zum Anlaß genommen, mich zu einem Gespräch an der Universität einzuladen, eine Kulturinitiative dreier westeuropäischer Länder.

Die Dame an der Rezeption, hager und bleich und leicht bekleidet, trotz des kühlen Wetters, bestätigte die Reservation und händigte mir die Unterlagen der Botschaft aus, darunter das Programm für den morgigen Tag: zehn Uhr dreißig an der Fakultät für Moderne Sprachen an der Visvalža-Straße 40.

Ich brachte meine Sachen aufs Zimmer und sprang gleich wieder die Treppe hinunter, um vor dem Eindunkeln erste Eindrücke zu sammeln. Ich wollte in den wenigen Tagen, die mir in Riga blieben, Orte besuchen, die ich aus den Erzählungen meiner Mutter zu kennen glaubte, und vielleicht einen Ausflug nach Lemsal, Limbažy, unternehmen, der Stadt, aus der dieser Simon gekommen war. Als Kind hatte ich Lemsal immer mit Trübsal gleichgesetzt und mir diesen Simon, von dem ich damals nicht ahnte, daß meine Mutter ihn so nah gekannt hatte, als melancholisch dunklen Mann mit breitkrempigem Hut vorgestellt, bis mir Mutter, Jahrzehnte später, ein Bild zeigte, auf dem er lachte und eine Samtkippa trug.

Schon unten auf der Straße entdeckte ich den schlanken Zwiebelturm der Petrikirche. Der Pförtner wollte eben schließen, aber er erlaubte mir noch eine Fahrt auf die Plattform. Ich schaute auf die Stadt und den Fluß hinunter. Und hörte die Kanonenschüsse, die im Frühjahr das Brechen des Eises ankündigten, und vernahm das Tosen und Krachen der mächtigen Eisschollen, die übereinandergeschoben wurden. Und hatte das Bild der Bauern mit den grauen Röcken und den Pelzmützen vor mir, die am Ufer Holz verkauften, das sie auf riesigen Schlitten hergebracht hatten; einer von ihnen war Simon.

Der Küster stieß mich an. Wir fuhren schweigend nach unten. Der Domplatz war menschenleer. Vor der großen Pforte kniete eine alte Frau mit Kopftuch. Ihre zur Schale geformten Hände schienen steif gefroren. Sie sah nicht auf, als ich eine Münze hineinlegte, aber sie nickte.

Mutter hatte von meinen Reiseplänen gehört, aber auffallend zurückhaltend reagiert. Es schien ihr eher unangenehm, daß ich diesen Spuren nachgehen wollte.

Kurz vor meiner Abreise erlitt sie einen Schlaganfall. Die halbseitige Lähmung verzerrte ihr Gesicht. Zuerst war da noch ein Lallen. Dann verstummte sie völlig. Die Wahrscheinlichkeit sei klein, hatte der Arzt kühl festgehalten, daß sie je wieder werde sprechen können, aber die Lebenschancen seien gut, einige Jahre werde sie gewiß noch dasein können.

Hätte ich das als Trost empfinden sollen?

Die Mutter war fünfundsiebzig.

Ich bog in die Smilšu-Straße ein, das Kopfsteinpflaster war aufgebrochen, sandige Löcher überall, mit Resten von Regenwasser, Lachen, in denen sich die Fassaden spiegelten, bleich verwaschene Gemäuer mit schmalen Fenstern; verwitterte Holztüren schlossen zur Straße hin. Der Pulverturm am Ende der Smilšu-Straße wirkte mächtig, in seiner schmucklosen Strenge abweisend, kalt, die schmalen Schießscharten wie lauernde Augen, tief in den Höhlen.

Warum hatte Simon der Mutter mit der Schilderung des Pulverturms imponieren wollen? Sie wäre enttäuscht gewesen.

Es war ein Zufall, daß ich schon an diesem Abend zum Rainis-Denkmal gelangte. In stummer Andacht sprach ich die Verse zur riesengroßen Steinfigur des Dichters; am Fuß der Statue hatte jemand Blumen hingelegt.

Ich schlief schlecht in dieser Nacht, wurde immer wieder wach und schaute auf die lichtergefleckte Gasse hinunter. Aus einer Bar tönte Musik herauf, manchmal waren Schritte zu hören, einmal von weit her der Klang einer Frauenstimme.

Ich schaltete das Radio ein; die BBC berichtete von neuen schweren Erdbeben in Mittelitalien. Mit dem Gefühl von einer schwankenden Erde fiel ich, als der Morgen bereits dämmerte, in einen unruhigen Halbschlaf.

Das Taxi, das mich am Morgen zur Universität brachte, folgte ein Stück weit dem Dünakai und rief für Sekunden wieder das Bild des winterlich gefrorenen Flusses wach, mit den dunklen Bändern der eingefahrenen Wege, den Spuren der Holzhändler, die frierend auf und ab gingen.

Ich schloß die Augen. Wie oft hatte ich diese Geschichten gehört, das Bild gesehen?

Das Gebäude der Fakultät für Moderne Sprachen war ein funktional kalter Bau aus der frühen Sowjetzeit, enge Treppenhäuser ohne Fenster; auch der Hörsaal, in dem sich die Studenten zusammendrängten, war fensterlos.

Ich hatte mir Notizen zum Thema Gedächtnis und Erinnerung gemacht. *Damals, weißt du, die Blutspur. / Leute, es möchte der Holunder sterben, ob / eurer Vergeßlichkeit.* Mit diesen Worten habe ein Dichter, der im benachbarten Litauen an der Nemonas aufgewachsen war, hingewiesen auf die Notwendigkeit, sich zu erinnern und sich der Vergangenheit zu stellen. Er habe dabei an die Vergangenheit eines ganzen Volkes gedacht, hier an die der verfolgten Juden im Memelgebiet, er meine das Erinnern und Gedenken, wie es auch der bevorstehende Holocaust-Gedenktag in Auschwitz anstrebe. Nur das verhindere, daß ein Volk unfreiwillig von seiner Vergangenheit eingeholt werde, wie die Schweiz, die sich unter internationalem Druck in den letzten zwei Jahren mit ihrer Kriegsvergangenheit habe auseinandersetzen müssen.

Ich blickte in die Gesichter dieser jungen Menschen und hielt einen Augenblick inne. Die Fakultätsvorsteherin war beim Wort »Blutspur« zusammengezuckt und hatte mich vorwurfsvoll angesehen.

Aber gemeint sei auch das Erinnern als Aufforderung an den einzelnen. Auch in meiner Familie, betonte ich, sei die Vergangenheit nicht vergangen. Vielleicht sei der Blick auf die Vergangenheit oft schmerzhaft, aber er mache die Gegenwart verständlicher und lasse freier atmen in der Zukunft.

Ich trank einen Schluck Wasser und blickte auf mein Blatt.

Die Suche nach der Vergangenheit sei auch die Frage nach der Identität, fuhr ich fort.

Ich machte wieder eine Pause, schaute über die Gesichter hinweg.

Da sind all die Bilder, die wir in uns tragen, die Szenen, die wir uns vorstellen, schon als Kinder, sagte ich, unsere Einbildungen sind genauso wirklich wie die sogenannten Wirklichkeiten.

Ich hörte die Scherenschleifer und Leierkastenmänner, von denen dieser Mann, Simon, der Mutter, und die Mutter mir, erzählt hatte, ich hörte die Marktfrauen mit Zubern, Fässern und Mulden hantieren, sah die Flößer auf der Düna im harten Morgenlicht –

Die Suche nach der Herkunft, sagte ich, für mich selbst unerwartet, in Abweichung meines Skripts, ist immer die Suche nach den Vätern; sie treibt uns an.

Ich holte Luft, stockte, sah in die Gesichter vor mir.

Schon der Gedanke, die bloße Möglichkeit, daß der vermeintliche Vater nicht der wirkliche sein könnte, öffne einen Abgrund. Ich hätte, und es falle mir schwer, das zu sagen, zeitlebens zwischen Vaterbildern geschwankt, schon immer sei, einem Phantom ähnlich, hinter dem Vater ein anderes Bild aufgetaucht, das eines möglichen Vaters.

Ich war von meinen eigenen Worten überrascht, weil ich hier erstmals etwas aussprach, was ich nicht wußte, aber wie einen Verdacht in mir getragen hatte, all die Jahre.

Kaum ein anderer Gegenstand erhitze derart unsere Phantasie, fügte ich an, wie die Frage nach Herkunft und Vaterschaft, und werde oft Anlaß zum Schreiben, zum Durchspielen von Möglichkeiten.

Und was dann geschrieben sei, sagte ich jetzt in den Saal hinaus, könne erfahren sein oder nicht, es gewinne als Fiktion Realität; es verrate nicht, was wirklich geschehen sei, es verrate, was gewesen sein könnte und verrate dabei das, was gewesen sei.

Ich schlug mein Buch auf und las jene Kapitel, die ein Bild der Stadt aus den erzählten Erinnerungen zeigten. Mir war beim Lesen zum erstenmal, als sei das, was ich nach den Erzählungen der Mutter zu einem Bild gefügt hatte, die Geschichte eines möglichen Vaters, ich könne mich nicht mehr wehren, die Fiktion sei Wirklichkeit.

Ich stockte und beendete die Lesung.

Zunächst stellte niemand eine Frage. Eine lange Pause entstand.

Sie finde, meldete eine Studentin sich schließlich zu Wort, weder die Frage nach der Vergangenheit noch die nach dem Vater relevant. *Pater semper incertus est*, hätte schon das römische Recht festgehalten; das sei immer so gewesen, kein Grund zur Aufregung. Sie interessiere, und es gehe den meisten von ihnen so, allein die Gegenwart, zudem könnten in Ländern, die Kriege und Verfolgung erlebt hätten, viele nicht wissen, wer ihr Vater sei. Väter, betonte sie, ließen überall Kinder als Spuren, in Vietnam, im Kongo, im Kosovo. Auch in Riga wimmle es von vaterlosen Gestalten, mit russischem, kirgisischem, deutschem Blut in den Adern.

Die meisten Studenten nickten zustimmend.

Ich sähe das anders, wandte ich ein, allein schon den Gedanken, daß mein Vater, also jener, der mich erzogen und mit uns gelebt habe, nicht mein leiblicher Vater gewesen sein könnte, sondern ein anderer, wie dieser Simon zum Beispiel, fände ich beunruhigend, in gewissem Sinne sogar quälend, auch kränkend.

Das Gespräch verlor sich in Beispielen ungeklärter Vaterschaften, die mit zunehmender Heiterkeit erzählt wurden und für die Ratgeberseite einer Illustrierten viel Stoff geboten hätten. Die unzähligen, oft unter großer Belustigung dargebrachten Beispiele ließen Zweifel aufkommen, ob überhaupt noch ein Vater gewiß sei.

Ausma Ikstena.

So stellte sich die Studentin vor, die so vehement für die Gegenwart plädiert hatte.

Ich habe Sie nicht provozieren wollen, aber uns quält die Gegenwart wirklich, fehlende Berufsaussichten, Arbeitslosigkeit, Wohnungsnot.

Ich nickte.

Und mich die Vergangenheit.

Später tranken wir Kaffee.

Ich fragte sie, ob sie nicht bereit wäre, Fremdenführerin für mich zu spielen, ich würde gerne einige Orte in der Stadt aufsuchen, die ich zu kennen glaubte; Vergangenes suchen eben, das vielleicht in der Gegenwart noch zu finden sei.

Ausma stimmte zu.

Es war nicht weit von der Universität zur Mole am Fluß, wo früher der Markt stattgefunden hatte; zur Zeit Simons, wie ich anfügte.

Ausma führte mich hin.

Alle scheint es zum Fluß gezogen zu haben, Ausma hob leicht die Stimme, *Düna, Morgenfrühe / immer um dich und der herrliche / Wind der Ebenen –*

Ausma wies in die Ferne.

Der Dichter aus Tilsit hat die Düna beschrieben, aber an der Memel gelebt, da müssen Sie auch noch hin.

Später drängten wir uns durch den Markt hinter dem Bahnhof; langsam und schweigend schoben wir uns durch die Menschenmenge. Da stand eine Frau mit WC-Rollen, eine andere mit gebrauchtem Küchengeschirr; ich sah die frierenden Gestalten, die Pilze verkauften; zwei Frauen boten schwarze Plastiktüten feil, jede hielt einige davon in den Händen.

Jeder verkauft hier etwas oder versucht es wenigstens, seufzte Ausma, das ist unsere Gegenwart, wie sollen wir uns da mit Vaterschaften beschäftigen?

Ich schlug die Augen nieder.

An einem Stand mit Büchern entdeckte ich zwischen Marx- und Engels-Gesamtausgaben ein Bändchen mit Gedichten von Rainis, eine deutsche Ausgabe von 1927. Ich blätterte darin und fand die Verse, die mir so vertraut waren. Ich kaufte das Bändchen.

Ich erwähnte Simons Erzählungen von den Holzflößern aus den Wäldern, die auf Mutter so großen Eindruck gemacht hatten.

Unten am Fluß haben die Sägemühlen gestanden, sagte Ausma und sprach von den galizischen Chassiden, die hier Holzhandel betrieben hatten.

Vielleicht komme ich wirklich nach Hause.

Jetzt sah Ausma mich fragend an.

Ich erzählte von Rosenzweig, der mir schon als Knabe von den Schriften der Chassidim erzählt hatte.

Wohin jetzt?

Ausma schaute mich neugierig an.

Zur Synagoge?

Sie wurde im 19. Jahrhundert als Altnaie Schul gegründet und fiel 1941 einem Brand zum Opfer.

Auf dem Weg erzählte Ausma vom großen und kleinen Ghetto, den Transporten und Hinrichtungen, von der Mittäterschaft.

Also doch Vergangenheit?

Ich fiel ihr triumphierend ins Wort.

Die Auseinandersetzung mit ihr steht noch aus.

Ausma erwiderte es ruhig und bestimmt. Erst die Gegenwart, dann die unmittelbare Vergangenheit, die Sowjetzeit, später vielleicht mehr, am Ende die Väter und die Mütter. Dann wir. Sie tippte auf ihre Brust, lachte; dann deutete sie auf ein Trümmerfeld, zeigte eine Kellertreppe.

Da unten wurden 1941 Hunderte von lettischen Juden lebendigen Leibes verbrannt. Seit einigen Jahren, und es klang wie eine Entschuldigung, werden wieder jüdische Institutionen eingerichtet. So kann allmählich an jüdische Traditionen angeknüpft werden. Es gibt wieder eine Altgläubigengemeinde und sogar ein jüdisches Krankenhaus. Es geht langsam, aber es geht.

Simon, sagte ich, habe zur Mutter vom friedlichen Nebeneinander der Völker und Religionen gesprochen, von Juden, Letten, Deutschen, Russen.

In den zwanziger Jahren vielleicht schon, aber danach nicht mehr, auch heute nicht. Aber vielleicht irgendwann einmal wieder.

Ich nickte.

Schließlich lebte Herder hier, Mandelstam auch, Eisenstein.

Wer noch?

Ausma fragte vorsichtig.

Simon Leivany aus Lemsal, den die Mutter Levy nannte, weil das einfacher war oder weil sie den Namen aus der Bibel kannte, kam 1938 in die Schweiz, noch rechtzeitig. Es hat ihm nicht geholfen, er blieb verschollen auf der Flucht in Frankreich. *Ein Windhauch lief und lief davon, /ein Nebel stieg und stieg davon, / ein Duft, vergangen ist er schon.*

Rainis?

Ich nickte, nahm das Bändchen aus der Tasche.

Nach Limbažy?

Wieder fragte Ausma zaghaft.

Ich bin mir nicht sicher.

Dort gibt es keine jüdische Gemeinde mehr, hielt Ausma fest, außerdem, sie zögerte, all dieses Reden, die wirklich Betroffenen schweigen.

Ich erschrak.

Und wie wär's mit Jūrmala?

Morgen vielleicht, entgegnete ich, ich bin müde, zuviel Vergangenheit.

Also doch lieber Gegenwart.

Sie lachte jetzt.

Wenn das bedeutet, ein Bier zu trinken, dann ja.

Ich trank mit Ausma mehr als nur ein Bier. Sie besorgte mir die Fahrkarte nach Jūrmala, schrieb mir die Stationen auf, händigte mir Unterlagen und Informationen aus, mehr als ich brauchte.

Sie bedauerte, daß ich allein fahren wollte.

Wir könnten uns am Abend treffen, schlug ich vor, ich würde erzählen und übermorgen zurückfliegen.

Es regnete heftig, als mich das Taxi am nächsten Morgen zum Bahnhof brachte, ein kalter Wind peitschte den Regen, graues Gewölk hing herunter.

Der Zug fuhr unendlich langsam in die Landschaft hinein, hielt an jedem kleinen Ort, blieb lange stehen, ich buchstabierte, ohne ein Gefühl für die Zeit, die Namen der Orte auf den Bahnhofsschildern.

Ich blätterte in Ausmas Unterlagen, las das eine und andere, ohne Anteilnahme, ich schaute durch die beschlagenen Scheiben hinaus in die Landschaft, Tümpel im Grün, kleine Seen, morastig schien alles, verlassen, eine Wildnis.

Verregnete Gestalten mit tropfenden Jacken und Schirmen kamen ins Abteil, schlotterten. Alle schweigsam, still, wie der Regen draußen, der lautlos zu fallen schien.

In Majori stieg ich aus, ich zog die Kapuze über den Kopf, spannte den Schirm auf, nahm die Straße, die zum Meer hinunterführte. Die Souvenirläden waren geöffnet, kleine Bars, Imbißstände. Alle leer, kein Kunde weit und breit.

In Richtung des Meeres diese farbigen Holzhäuser, Sommervillen; die meisten verwittert, ausgelaugt die Bretter, morsch; sie wirkten verwahrlost, verlassen, als wären die Gäste schon lange ausgeblieben. Einige wenige der Häuser waren in Grün- und Weißtönen grell glänzend gestrichen, die Gärten gepflegt, die Gartentore elektronisch gesichert. So auch das Haus an der Jāņa Pliekšāna iela, Rainis Sommer- und Sterbehaus.

Der breite Strand schimmerte in einem matten Gelb, dunkel wattiert; noch immer fiel Regen, das Meer war grau, eisengrau, Scharen von Möwen stolzierten unentwegt auf dem schmalen Saum zwischen Wasser und Sand, das nasse Gefieder aufgerauht; man hätte ihnen ein Badetuch reichen wollen.

Ich zog die Schuhe aus und stapfte weiter über den Sand, im seichten Wasser, das Meer düster und dunkel. Kein Mensch war da. Manchmal hörte ich das Klatschen kleiner Wellen, dann herrschte wieder Stille.

Vom Meer her schoben sich dunkle Wolken auf den Sand zu, ein Strömen und Fluten, grau, träge, unheimlich, naßkalt fiel es herab. Und da ging einer.

Der Vater schritt zögerlich voran, geduckt, die Schulter gebeugt, als müßte er sich verbergen; er blieb immer wieder stehen, sah sich um.

Simon, leicht schräg hinter ihm, trug die Kippa, regennaß, hielt ein Buch in den Händen, eine Schreibmappe, es schien, als würde er Verse deklamieren, ein Zug von Feierlichkeit umgab ihn, aber er strahlte auch etwas Rastloses aus, das zu dieser Feierlichkeit nicht passen wollte.

Die dritte Gestalt, noch weiter zurück, war kaum mehr zu erkennen; nur den rechten Arm hatte der Mann weit ausgestreckt, die Hand geöffnet, ins Leere greifend, in diese grauen Schwaden, die über den Strand strichen, manchmal mit Streifen von Licht durchsetzt.

Ich blieb stehen, sah sie gehen, sehr langsam, ein seltsames Dreigestirn, zu einem Bild gefügt, und doch jeder für sich, jeder allein, den Blick nach vorn gerichtet, als hätte er ein bestimmtes Ziel vor Augen. Aber da war nichts als dieser breite Strand, der Regen, die Wolken, und manchmal der Schrei der Möwen.

Nicht mal die Abdrücke ihrer Schuhe blieben zurück.

Nichts blieb zurück.

Nichts.

Stieg daraus dieser Wunsch auf, nochmals an der

Hand des Vaters zu gehen, der endlich über den Kiesweg zurückkehrt, mit schweren Schuhen über den Hof schreitet und mir, dem Zurückgebliebenen, zuwinkt, mir die Hand reicht?

War es das, was mich immer weiter an- und vorwärtstrieb?

Ich nahm die Hände aus den Taschen, schob die Kapuze nach hinten. Der Regen war kaum noch zu spüren, ein Nieseln, das wohl tat.

Drei Männer, Strandgänger, Flüchtige. Geht doch, lauft doch, macht euch davon, aus dem Staub.

Meine Stimme überschlug sich.

Möwen flatterten vor mir auf. Der Regen hatte aufgehört. Der Strand schien mit einemmal heller. Die Männer waren verschwunden. Niemand da.

Ich setzte mich.

Robert, mein Vater, entschwand langsam, verlor sich im Spätnachmittagslicht. Schon einmal war er verschwunden, weggegangen, in jenem Sommer, als der Mond sich vor die Sonne schob.

Ich lauschte, reglos.

Unvermittelt dieses heftige Verlangen nach Kristin, an die ich seit Wochen kaum gedacht hatte. Sie hatte sich entzogen, vor Monaten schon, ohne Gründe zu nennen, ohne Nachricht, ohne Brief. Ich hatte den Gelassenen, den Gleichgültigen gespielt, dem nur ein Schulterzukken blieb. Als sei der Abschied von einer späten Liebe nicht mehr als die Wiederkehr des Immergleichen. Dennoch dachte ich an sie, immer wieder. Dieser Mangel, weil ihre Schritte nicht neben den meinen über den Sand gingen, sie nicht meine Hand nahm und hielt. Wir waren oft so nebeneinander gegangen, hatten nicht viel gesprochen, waren einfach gegangen, nebeneinander, miteinander, manchmal stundenlang, in den Pian Perduto, die karge Kuppe des Monte Subasio oder einfach stadtauswärts die Limmat entlang, den schmalen Weg, nah am Ufer, bis hinunter zum Nonnenkloster.

Nur wenn einer von uns etwas Besonderes entdeckte, einen Lichtfleck im Unterholz, eine eigenartige Balkonfigur, eine Vogelspur, das metallische Schimmern eines Geländers, machte er eine Bemerkung, legte einen Faden aus. Die Fäden verwoben, verknüpften sich.

Ich verließ den Strand, nahm den nächsten Zug zurück in die Stadt.

Im Hotel fand ich eine Mitteilung der Botschaft. Man dankte mir für das Gespräch an der Universität und ließ fragen, ob ich nicht im Herbst an einem europäischen Kongreß in Vilnius (»The role of language in the process of European integration«) über die multilinguale Entwicklung unseres Landes sprechen könnte?

Ich nickte ins Hotelzimmer hinein.

Ich würde noch einmal in den Norden reisen können, ich käme nach der Düna auch an die Memel und vielleicht gar ans Kurische Haff.

Am Abend traf ich Ausma auf ein Bier.

Und wie steht's um das Vergangene?

Nicht spotten, bat ich, in Jūrmala gibt's nur das Meer, viel Wasser, also viel Gegenwart.

Ausma lachte.

Wie war es nun wirklich? Die kalte Dusche in der Baltischen See?

Ich schwieg einen Augenblick.

Kalt war es in der Tat, sagte ich in beiläufigem Ton, ich bin da oben den Vätern begegnet, manchmal steigen sie plötzlich aus dem Meer, aus dem grauen Dunst; kein leerer Strand ist vor ihnen sicher.

Frühlingsstürme in Riga; Fische und Väter werden an Land gespült, noch vor den Walen.

Ausma schien sich nicht zu wundern; sie schmunzelte.

Übrigens, fügte ich an, fliege ich im Herbst nach Vilnius, nach Kaunas und reise vielleicht durch Sarmatien.

Ausma staunte.

Besuchen Sie die Bibliothek und reden Sie mit Chana Kleinas.

Warum denn? Ist sie Spezialistin für Vaterschaften?

Ich kenne sie, sie weiß viel, sie redet nicht bloß, sie hat erlebt und erfahren.

Wir umarmten uns, etwas zögerlich, als wüßten wir nicht so genau, ob uns das zusteht.

4

Der Vater blieb damals einfach verschwunden: von der Sonnenfinsternis über Vollmonde und Neumonde. Wir dachten, er käme nie wieder.

Die Mutter hatte von einer langen Bergtour gesprochen, einer Expedition, die er unternehme, die Haute route, die von den Walliser Bergen über Gletscher, Gipfel und Täler in die französischen Alpen hineinführe, in die Gegend von Chamonix. Außergewöhnlich und gefährlich, eine Expedition für Könner, betonte die Mutter, die selber nie in die Berge ging und immer mit Hochachtung von solchen Unternehmungen gesprochen hatte.

Doch in ihrer Stimme war diesmal nichts von Bewunderung für den Vater zu spüren, der sich hier als Abenteurer auszeichnete, beinahe vergleichbar mit den Kletterern, die jedes Jahr in der Eigernordwand ihr Leben höchsten Gefahren aussetzten. Manchmal blieb einer hängen und starb.

Wie bei Scott. Wir hatten in der Schule die Geschichte seiner Rückkehr vom Südpol als Hörstück vorgespielt bekommen. Wir schlotterten in den Schulbänken, als wir das Heulen der Schneestürme hörten, die unablässig pfiffen, wir glaubten zu fühlen, wie sie Scotts Kleider durchdrangen, sahen vor uns die Zelte, an denen die Blechbüchsen schepperten. Wir litten mit Scott, wenn ihn im Traum die Stimmen seiner toten Gefährten einholten. Immer wieder war einer der Männer zurückgeblieben, erfroren, dem Eis überlassen, Oates, Evans, Dr. Wilson …

Immer wieder waren die Funksprüche der Rettungsmannschaft zu vernehmen, die sich näherte, die Hilfe versprach; und dann doch zu spät kam. Wir hofften mit Scott in diesem Schneegestöber, bangten, stöhnten. Noch nie zuvor hatten wir so gebannt in den Schulbänken gesessen, einige schlossen die Augen, lauschten dem Sturm, den Stimmen, die dünner wurden, abbrachen.

Ich suchte nach Büchern von Abenteuern und fernen Welten; ich las viel. Als der Vater weggegangen war, stellte ich ihn mir in einer winterlichen Gebirgslandschaft vor, ich sah ihn durch hohen Schnee stapfen, mit Steigeisen über Eis klettern, der Erschöpfung nah; und ich war stolz auf diesen Vater, der da wie Scott unterwegs war. Vielleicht hoffte ich insgeheim, der Vater würde als großer Bergsteiger und berühmter Abenteurer zurückkehren, einer, zu dem man aufschaute, den man bewunderte.

Die Mutter hatte von Unwägbarkeiten gesprochen, welche die Expedition in die Länge ziehen und die Rückkehr des Vaters hinauszögern könnten, die Wetterverhältnisse etwa, die seit Wochen ungünstig seien, die Gesundheit aller Beteiligten; eine riskante Expedition, sagte sie immer wieder, zeitraubend und aufwendig.

Aber es tut ihm gut.

Und uns?

Ich fragte die Mutter tausend Einzelheiten, ich wollte über die Risiken Bescheid wissen, über die Wege, über mögliche Krankheiten und Unfälle.

Am Anfang versuchte die Mutter Antwort zu geben, aber immer öfter wich sie aus, begann von etwas anderem zu reden. Wenn Michi aus dem Heim kam, fragte der auch, zeichnete winzig kleine Männer auf hohen Bergspitzen.

Eines Tages fragten wir nicht mehr.

Wir nahmen hin, daß der Vater verschwunden blieb. Das war in unserem Dorf nichts Außergewöhnliches. Manche Väter arbeiteten im Welschland, im Tessin oder gar in Süddeutschland. Der Vater meines Schulfreundes Edgar blieb wochenlang auf Reisen. Viele Väter fuhren auf Montage. Sie gingen fort, waren abwesend, manchmal kamen sie wieder. Es gab auch Väter, die nie wiederkamen. In meiner Klasse wußte ein Junge gar nichts von seinem Vater.

Das Foto entdeckte ich erst später im Sekretär, das Foto von Vater und einer Frau.

Sie trug einen Skianzug, eine Windjacke, schwarze Keilhosen, auffällig war die Mütze, eine Schiffchenmütze wie Soldaten sie trugen oder Frauen vom militärischen Hilfsdienst. Wenige Frauen besaßen solche Mützen. Meine Mutter trug im Winter gestrickte Mützen, die sich eng an den Kopf anschmiegten, über die Ohren gezogen werden konnten und einen langen Bommel hatten.

Ich selber zog im Winter auch eine Pudelmütze an.

Vater besaß eine Schiffchenmütze, aus grauem Uniformstoff. Wenn er sie ausfaltete, hing der Ohrenschutz nach unten und konnte am Kinn festgebunden werden.

Vater war im Skianzug weggegangen, der Rucksack war prall gefüllt gewesen, ein Schlafsack oben draufgebunden. Vater hatte auch sein Fahrrad mitgenommen. Nur bis zum Bahnhof, hatte die Mutter gesagt.

Doch am Bahnhof hatte ich es nicht gesehen, obwohl ich nach seiner Abreise alle eingestellten Fahrzeuge untersucht, genau betrachtet hatte, mehrmals.

Der Vater war in der Frühe aufgebrochen. Er lasse mich grüßen, hatte mir die Mutter beim Frühstück mitgeteilt.

Dein Vater ist ein großer Bergsteiger.

In der Stimme der Mutter schwang nicht Freude mit, eher Ärger. Oder war es Sorge? Angst?

Als ich sie nach dem Grund ihres Weinens fragte, schüttelte sie den Kopf.

Deinem Vater könnte etwas zustoßen.

Oft lag ich wach, besonders in den ersten Wochen, und horchte in die Nacht hinaus, weil ich dachte, wenn er zurückkehrte, würde er mitten in der Nacht kommen, leise, unbemerkt, auf seinem Fahrrad. Und am Morgen wäre er einfach da, säße am Frühstückstisch, als sei er nie fort gewesen. Nächtelang habe ich ihn herbeigewünscht, ihn beschworen, wieder bei uns zu sein.

Ich begann heimlich zu schreiben, Sätze in mein Tagebuch und auf Zettel, kurze Briefe an den Vater. Ich beschrieb ihm die Situationen, in denen wir ihn brauchten, ich wollte ihm zeigen, wie leicht er helfend eingreifen und unser Problem lösen könnte. Ich hielt fest, wie vor allem Michi ihn brauchte, nach ihm rief.

Wann kommt der Vater aus den Bergen, stotterte Michi, wenn er am Wochenende aus dem Heim kam, prustend und lallend durchs Haus lief und keinen Vater vorfand. Vater, rief er und patschte seine Hände zusammen. Seit der Vater fort war, freuten die Mutter und ich uns auf Michael, er brachte uns zum Lachen mit seinem

Rufen und Händeklatschen. Ohne den Kleinen lachten die Mutter und ich nie. Michi lachte viel und hatte doch nichts zu lachen. Hätte längst in der Schule sein sollen mit seinen bald sieben Jahren. Das gehe nicht mit dem, mäkelten sie im Heim. Zu unruhig sei er. Patschte und sabberte. Rief und schrie. Grinste und schmatzte. Stotterte und machte dann hin und wieder doch einen Satz, über den wir staunten. Und lachte. Lachte viel. Er war der einzige, der viel lachte. Denn auch der Vater lachte nicht, wenn er da war.

Jetzt war der Vater nicht da.

Manchmal erinnerte ich mich an etwas, was wir zusammen unternommen hatten, einen Spaziergang ins Tal hinaus, den Fluß entlang oder hinauf in Wälder, um Holz zu sammeln und Pilze zu suchen.

In meinen Briefen erzählte ich dem Vater davon, der doch irgendwo sein, der doch an uns denken mußte. Ich versuchte ihn mit all meinen Kräften herbeizuschwören und war überzeugt, er müsse das hören, irgendwo, irgendwie; meine Worte müßten ihn erreichen, selbst auf einem der hohen Berge, auf einem Gletscher oder in einer Berghütte als nächtlichen Traum.

Ich hatte gehofft, der Vater würde schreiben. Doch bei uns traf keine Karte ein. In den Bergen oben gehe keine Post ab, beschwichtigte die Mutter, ein Telefon gebe es da auch nicht. Aber wenn er mal wieder unten im Tal, in einem kleinen Dorf sei, werde er sich gewiß melden, vielleicht sogar telefonisch.

Doch der Vater schien nie in ein Tal hinunterzusteigen.

Oft schlich ich heimlich zum Briefkasten, ich wollte nicht, daß mich die Mutter dabei beobachtete, ich spähte durch die Ritzen, ich würde Vaters Schrift erkennen.

Erreichten ihn meine Wünsche nicht?

Ich glaube, ich habe ihm nie verzeihen können, daß er nicht anrief oder einfach zurückkam, in einer dieser Nächte, in denen ich wach lag, auf das Schleifen von Schuhen horchte und hinuntersah auf den kleinen Hof hinter unserem Haus, auf den bekiesten Quartierweg im Lampenschein. Da würde er erscheinen mit seinem Rad, einem Engländer, wie man damals die schwarzen Fahrräder mit dem geschlossenen Kettenkasten nannte. Nur auf einem Engländer konnte man aufrecht sitzen, mußte sich nicht vorbeugen. Diese aufrechte Haltung gab dem Fahrer etwas Vornehmes, Erhabenes, machte ihn für mich zum Ritter aus der Tafelrunde, der die Frauen betörte. Ich liebte Rittergeschichten. Wie ein Ritter würde der Vater ankommen, hoffte ich: aufrecht auf seinem Engländer, ein bewunderter Gralssucher; und nur ich würde ihn sehen, würde ihm zuschauen können, wie er das Rad über den Hof schob, dann die kleine Rampe hinunter in den Keller.

Vielleicht würde er zu meinem Fenster aufschauen, mir zuwinken, als kleines Einverständnis zwischen ihm und mir: wir zwei, der Ritter und sein Knappe. Ich hätte für ein solches Zeichen alles gegeben, was ich damals besaß. Ich hätte dem Vater sogar sein Fortgehen verziehen, wenn er mich eingeweiht, mit mir gesprochen oder mir geschrieben hätte. Ein paar Zeilen hätten schon genügt, eine Karte vielleicht mit den Bergen darauf, einem Gletscher, einem Sonnenuntergang. Einmal hielt die Mutter eine Karte in den Händen und las sie mit stummer Miene. Ich fragte, von wem sie sei, vom

Vater? Nichts für dich, antwortete sie. Ich fand später im Kehricht die Schnipsel, konnte aber keine Schriftzüge entdecken, nur das zerrissene Bild einer Burg, Ratburg oder Rietburg. Auch die Mutter hat Geheimnisse, dachte ich.

Der Vater war einfach gegangen, ohne ein Wort, ohne eine Geste des Abschieds. Er hatte sich davongestohlen; das ist einer, der sich davonmacht; einer, der sich dünnmacht, höhnten wir in der Schule, wenn einer sich verdrückte und plötzlich nicht mehr da war, uns im Stich ließ. Einen solchen Drückeberger wollten wir das nächstemal nicht mehr dabeihaben. Nie mehr. Mit so einem waren wir fertig.

Mit dem Vater war ich nicht fertig.

Oft, wenn die Mutter im Laden war und mit einer Kundin plauderte, ging ich im Haus auf und ab und suchte den Vater. Ich öffnete die Tür zu jedem Zimmer, spähte in jeden Winkel; ich stieg in den Estrich hinauf und in den Keller hinunter, wo der Vater seine Sachen hatte, eine Sense, einen Dreschflegel, ein Schlachtermesser, Arbeitsgeräte, die er vom Hof mitgenommen hatte. Er hätte Bauer bleiben wollen, auf dem kleinen Gut seines Vaters, einem hügeligen Stück Land, Äcker, Wiesen; nahe beim Wald nur noch verödetes Weideland, karg und steinig.

Doch wir hatten umziehen müssen, bald nach Michis Geburt. Im neuen Haus sah ich den Vater im Keller stehen, den Dreschflegel in der Hand, oder ich hörte ihn die Sense dengeln, obwohl es nichts zu mähen gab. Der Vater pflanzte im Garten Kartoffeln, hielt Kaninchen und Hühner, begab sich manchmal als Schlachter auf die Stör. Ich nahm, nachdem er weggegangen war, die Heugabel oder den Dreschflegel in die Hände, hantierte damit, was der Vater nicht erlaubte, wenn er da war. Manchmal rief ich den Vater auch, einfach so. Nirgends fand ich Ruhe, eine Ungeduld war in mir, ein Kribbeln unter der Haut.

Warum bist du so nervös, fragte die Mutter.

Ich bin nicht nervös, gab ich entrüstet zurück.

Was hast du denn, hakte sie nach.

Nichts, trotzte ich, gar nichts.

Ich hätte es ihr nicht erklären können. Da war einfach eine Lücke.

Vergeblich tröstete ich mich damit, daß auch der anwesende Vater häufig abwesend gewesen war. Ich hatte ihn oft tagelang nicht gesehen. Aber das hatte mir nichts ausgemacht. Er würde wiederkommen, würde im Garten, in der Küche, im Keller sein.

Jetzt fehlte er, und ich wußte nicht, ob er wiederkäme. Ich fand das ungerecht, daß der Vater nicht da war.

Wo bist du, rief ich manchmal, gib doch Antwort.

Du fehlst mir, flüsterte ich, aber nur, wenn die Mutter mich nicht hören konnte.

Wenn er wenigstens geschrieben und mir etwas erzählt hätte. Vielleicht hätte ich dann weniger Angst gehabt.

Früher hatte ich selten Angst gehabt, nicht mal, wenn ich am Abend allein in den Keller mußte. Seit Vater fort war, hatte ich öfter Angst. Vielleicht hoffte ich auch deshalb, er würde schreiben. Es wäre ein Zeichen, das mir die Angst nehmen oder sie kleiner machen würde. Die Lücke wäre nicht mehr so groß, nicht mehr so dunkel. Bald schlich ich nicht mehr jeden Tag zum Briefkasten. Vielleicht würde der Vater erst an Weihnachten schreiben. Oder zu meinem Geburtstag.

Ich wußte nun, daß er für länger weg sein würde, und vielleicht für sehr lange. Expeditionen dauerten eben manchmal lange.

Im Hof wucherte das Unkraut zwischen den Steinplatten. Der Weg lag verlassen, manchmal schimmerte der Kies im Mondlicht, ein helles Grau, kein Fahrrad knirschte darin. Hin und wieder hörte ich zufällig, wie eine der Nachbarinnen mit der Mutter sprach, sie aufforderte, doch etwas zu unternehmen.

Sie müssen sich wehren. Der kann doch nicht einfach wegbleiben.

Die Mutter schaute ratlos drein.

Was soll ich schon machen?

Manchmal glaubte ich, sie schluchzen zu hören, ein unterdrücktes Schluchzen; wie ein Wimmern kam es mir vor, fast lautlos.

Vielleicht hatte damals jeder von uns, für sich allein, sich diesen Vater herbeigewünscht, ihn erwartet, heimlich, damit die anderen nichts davon merkten. Oft schlug ich im Keller aus Wut mit der Faust gegen die Mauer, aber so, daß die Mutter es nicht hören konnte. Sie sollte nichts ahnen, nichts von der Enttäuschung, die mich lähmte und mich nicht schlafen ließ, nichts von diesen Nächten mit Gedanken, die alle um den Vater kreisten. Ein abwesender Vater, dachte ich manchmal, ist wie ein toter Vater.

Ich weiß nicht, wie viele Monate ich mir diese Rückkehr wünschte, vor allem, wenn ich am Abend zu Bett ging und mir vorsagte, wie einen Gutenachtvers: Diese Nacht kommt er sicher.

Der Hof blieb leer.

Ich schrieb, wie sehr das Gras wachse zwischen den

Steinplatten, daß die Reben geschnitten und die Bäume neu gepfropft werden müßten.

Die Arbeit des Baumpfropfens hatte der Vater übernommen, auch in den Gärten der Nachbarn. Mit Bäumen kannte er sich aus. Mit Tieren auch. Mit Menschen weniger.

Ich lernte in dieser Zeit, daß das Wünschen nichts hilft. Der Vater schrieb auch nicht, als im November Schnee fiel und im Fluß ein Toter gefunden wurde.

Der Vater hat uns längst vergessen, dachte ich, er hat uns wegradiert aus seinem Leben, einfach so, wie man einen Bleistiftstrich ausradiert, wie man etwas wegschiebt, das einem lästig geworden ist.

Ich hatte doch nichts getan, das den Vater fortgetrieben haben könnte, oder doch?

Lästig, fragte Michi, warum sind wir lästig geworden?

Er malte mit seiner zittrigen Hand ein Fragezeichen in die Luft.

Was war los mit dem Vater?

Mit dem Kleinen erfand ich das Vaterspiel. Einer mußte den Vater spielen und Antwort geben. Der andere durfte fragen. Wir fanden viele Antworten, aber keine schien mir richtig.

Der Winter war kalt, Schnee lag im Garten; der Weg und auch die Rampe zum Keller hinunter waren mit Schnee bedeckt, winterstarr die Bäume und Sträucher. Im Schnee fand sich keine Spur, auch nicht, als noch vor Weihnachten die Sonne den Schnee in Matsch verwandelte.

Ich lugte nicht mehr jede Nacht auf den leeren Hof

hinunter. Ich kannte ihn nun bei jeder Witterung, ich kannte die Rillen in jeder Steinplatte, die feinen Risse im Beton, die Maserung des Treppengeländers, das vom Hof in den Keller hinabführte. Ich kannte die Dellen in den ausgetretenen Stufen, den Lauf des Wasserrinnsals bei Regen, die Rostflecke auf dem Schachtdeckel.

Ich kannte den Hof und den Weg, den Vater kannte ich immer weniger.

Er kam nicht.

Ich hörte auf, Briefe an den Vater zu schreiben oder mir solche auszudenken und mir etwas zu wünschen vom Vater, zu wünschen, daß er bald käme, noch vor Weihnachten.

Doch ich schrieb weiter, Vatergeschichten. Von der Lücke. Von der Angst. Vom Michischreien. Geschichten, krächzte Michi, wenn ich ihm eine erzählte, und ballte seine Hände zu Fäusten.

Der Hof vor unserem Haus blieb leer. Ich las viel; traurige Geschichten trösteten mich. Ich litt mit der *Hinterhofbande aus Mietshaus Nummer 67*, ein Buch, das ich mehrmals las; der Junge Erwin hatte wie ich Sommersprossen auf der Nase, seine Streiche mit Paul bewunderte ich, weil ich solche nie gewagt hätte; das Mädchen Mirjam aus dem Vorderhaus hätte ich auch aufgenommen. Sie war eine wie Isabelle. Und sie hatte auch keinen Vater. Wie Edgar und ich.

5

Hat dein Vater die Eigernordwand bestiegen oder den Mount Everest?

Ist er etwa in eine Gletscherspalte gefallen oder in ein anderes Loch?

Schaufelt er Schnee am Matterhorn?

Gießt er Blumen am Hindukusch?

Auch wenn immer wieder Väter abwesend waren, nach ein paar Wochen setzten doch die Fragen ein. Klein war das Dorf, einsam zwischen den Hügelzügen, da sprach sich viel herum, in der Wirtschaft, beim Metzger und beim Bäcker, auch im Laden meiner Mutter. HANDLUNG. LEBENSMITTEL UND HAUSHALT, so stand es über dem Eingang.

Ich bereute längst, daß ich erzählt hatte, mein Vater sei auf einer Expedition in den Bergen. Das glaubte mir niemand. Ich hielt daran fest, legte in allen Einzelheiten die Schwierigkeiten im Hochgebirge dar, von denen ich in Vaters Büchern über Berge und Alpinismus gelesen hatte.

Als der Lehrer in der Schule von der Besteigung des K2 durch eine italienische Bergsteigergruppe erzählte, hänselten sie mich, ob mein Vater Italiener geworden sei oder Sherpa.

Hey Sherpa, riefen sie, bring mal den Bleistift.

Edgar beteiligte sich nie an solchen Spöttereien.

Auch sein Vater war oft abwesend, tage-, wochenlang unterwegs. Auf Reise, hieß es, und niemand wußte, was das bedeutete. In jener Zeit hielt sich Edgar häufig an meiner Seite auf. Stand einfach da. Oder ging neben mir. Ohne Kommentar. Vor allem in jenen Augenblicken, in denen der Spott losging. Edgar gehörte nicht zu Hindenburgs Bande, welche die Jagdgründe am Dorfausgang kontrollierte. Hindenburg war Häuptling der Tal-Apachen. Alle hätten gern dazugehört, auch Edgar und ich. Aber bei Hindenburg hatten wir keine Chance; wir durften auch nie an den Seifenkistenrennen teilnehmen.

Mit Edgar hatte ich schon den Kindergarten besucht. Da er seinen Kopf nicht stillhalten konnte, sondern ihn wie ein Metronom immer hin- und herbewegte, beschäftigte er Fräulein Weber, die Kindergärtnerin. Sie drückte Edgars Kopf zwischen ihre mächtigen Brüste in der Hoffnung, hier werde das eigenartige Pendeln aufhören. Doch das Gegenteil geschah, Edgars Kopf schlug zwischen den Brüsten noch heftiger aus, worauf diese sich zu heben begannen und unter der Pendelbewegung von Edgars Kopf heftig hin und her und auf und ab schwappten, sehr zum Vergnügen von Fräulein Weber. Edgar behielt auch in der Schule das Pendeln seines Kopfes bei, doch die Lehrerin unternahm keinen Versuch, seinen Kopf zwischen ihren Brüsten zu stoppen.

Edgars pendelnder Kopf trug auch ihm Spott ein und veranlaßte die Kameraden zu dummen Streichen. Einmal brachte einer eine Schraubzwinge mit und versuchte, Edgars Kopf festzuklemmen. Edgar und ich sprachen nicht über unsere Väter. Aber wenn die anderen mit ihren Vätern prahlten oder gar mit dem Eingreifen ihrer Väter drohten, wenn sie nicht bekamen, was sie wollten, dann sahen Edgar und ich uns in stillem Einverständnis an.

Mit Edgar fühlte ich mich weniger allein.

Ich hatte aufgehört, Briefe an den abwesenden Vater zu schreiben. Schreiben nützt da nichts, sagte Edgar. Manchmal sah ich in der Nacht noch wie zufällig hinunter auf den Hof, entdeckte vielleicht einen Igel oder eine Katze oder die glänzende Schleimspur einer Schnecke, aber keine Vaterspur. Dann und wann ging ich, meist tagsüber, in den Keller, setzte mich auf den Melkstuhl, schwang die Peitsche oder stellte Mausefallen, obwohl wir im Keller keine Mäuse hatten.

Mutter ließ mich öfter Gartenarbeiten tun, Vaterarbeiten, Hacken und Jäten, die Beerenstauden aufbinden, Kartoffeln aus der Erde buddeln. Das machte Michi am liebsten. Manchmal half mir Edgar bei solchen Arbeiten. Das gab ihm den Vorwand, die Hausaufgaben nicht zu machen.

Edgar mochte die Schule nicht.

Er wurde später Wirt, heiratete eine Frau, die Brüste hatte wie einst das Fräulein Weber; mit dieser Frau betrieb er einen kleinen Landgasthof im Säuliamt. Schon während der Schulzeit hatte sich Edgar hin und wieder mit einer hohen weißen Kochmütze gezeigt, die unter dem Pendeln seines Kopfes zum Riesenmetronom wurde.

Seinen Vater hatte ich nur wenige Male gesehen. Mit einem schweren Motorrad, einer BSA, knatterte er durchs Quartier, blieb ein paar Tage und fuhr dann wieder weg. Edgars Mutter war Näherin in einer Kleiderfabrik. Sie verschaffte Edgar und mir eine Stelle als Lumpensammler in der Zuschneideabteilung der Fabrik. Wir sammelten an schulfreien Nachmittagen die ausgeschnittenen Stoffreste ein und warfen sie in riesige Mülltonnen.

Edgar und ich streiften zusammen durch den Wald, weitab von Hindenburgs Revier, und suchten Pilze. Früher hatte ich mit Vater Pilze gesucht. Auf einem dieser Spaziergänge hatte Edgar mir von diesem Toten erzählt, den man im Nachbardorf gefunden hatte. Er sei angeschwemmt worden im Fluß, sei im Geäst hängengeblieben und endlich entdeckt worden.

Tagelang müsse der im Wasser gelegen haben, ein fürchterlicher Anblick, ein Mann von vierzig Jahren. Fast gleich alt wie mein Vater, dachte ich, aber mein Vater war ein guter Schwimmer, der würde nie im Fluß ertrinken, schon eher in eine Gletscherspalte fallen. Seltsam sei gewesen, daß der Tote einen Strick um den Hals gehabt habe. Mord oder Selbstmord, sagte Edgar, da sei er sicher.

Er lebte mit seiner Mutter und seinen drei älteren Brüdern; durch sie kannte er Isabelle.

Frauen interessierten Edgar bald mehr als das Tauschen von Radsportbildern. Edgar sei eben ein Frühreifer, sagte die Mutter, ohne mir zu erklären, was ich darunter zu verstehen hätte, und warnte mich vor seinem Einfluß. Es muß in jener Zeit gewesen sein, als mich Edgar zu einem Hochsitz am Waldrand führte. Von dort konnten wir ins Zimmer von Isabelle sehen. Sie machte eine Lehre als Damenschneiderin. Sie fiel mit ihrer Kleidung auf. Ausgefallen, schwärmte Edgar; *ausgeschämt,* sagte meine Mutter und mußte damit etwas wie schamlos, ungebührlich, sündig meinen, *es Tüpfi, es Beeri, es Tuech,* schimpfte sie. Die zeigt ja alles, kein Wunder, wenn jeder sie abknutscht, ein leichtes Ding, macht die Beine breit für jeden, und das in ihrem Alter. Die Mutter ereiferte sich, wenn sie von Isabelle sprach, und überhaupt von diesen Flittchen, die jeden anmachen, den Rock heben und zeigen, was sie haben. *Ausgeschämt* ist das.

Isabelle knutschte zwar nicht jeden ab. Aber als ich einmal mit Edgars Brüdern im Garten saß, hatte sie nichts dagegen, wenn Reinhold, der älteste der vier Brüder, sie in die Seite oder gar in die Brüste zu kneifen versuchte. Sie quietschte sogar jedesmal leicht, wenn er sich näherte und den Arm nach ihr ausstreckte.

Zweifellos hätte meine Mutter das Hemd mit den schmalen Trägern, das Isabelle an diesem Tag trug, als ausgeschämt bezeichnet, weil man Isabelles Brüste darunter sehen konnte.

Wie Rehzwillinge, die unter Rosen weiden, sind deine Brüste, hatte Pfarrer Sommer aus dem Hohen Lied Salomos deklamiert. Deine Lippen, meine Braut, wie triefender Honigseim, Honig und Milch ist unter deiner Zunge, deiner Kleider Geruch ist wie der Geruch des Libanon.

Pfarrer Sommer hatte mit diesen Versen auf einen Witz reagiert, den ein Schüler erzählt hatte. Er hatte uns alle damit zum Lachen gebracht. Diese Verse würden zeigen, meinte der Pfarrer, daß man offen und in gutem Tone von der Liebe und von den Frauen sprechen könne und nicht nur abschätzig wie in diesen Stammtischwitzen. In gutem Tone, wiederholte er und sprach von der Braut, die ein verschlossener Garten sei, ein versiegelter Born. Wir wußten zwar nicht, was ein versiegelter Born war, aber wir nickten.

Edgar und ich lasen das Hohe Lied in der Lutherbibel nach. Wir stutzten über die Verse, die Pfarrer Sommer nicht vorgelesen hatte: *Deine Gewächse sind wie ein Lustgarten von Granatäpfeln mit edlen Früchten, Zypernblumen und Narden.*

Erst wollten wir Pfarrer Sommer fragen, wagten es dann doch nicht; aber das Wort »Gewächse« hatte sich in unserem Kopf festgehakt und stachelte unsere Phantasie an: In einem Lustgarten von Granatäpfeln wären wir auch gern gewandelt.

Isabelle kam uns nicht wie ein verschlossener Garten vor, ihr Hemd war weit ausgeschnitten und zog unsere Blicke an. Isabelle hatte es selber eingefärbt, in ein knalliges Rot, das sie Rouge carminé nannte. Diese Hemden, die bei uns auch Schweißerleibchen hießen, waren üblicherweise weiß und leicht geriffelt; sie wurden von den Turnern an kantonalen und eidgenössischen Turnfesten zu den allgemeinen Übungen getragen, dem großen Aufmarsch aller Turnsektionen, die auf der Festwiese ein großes Schweizerkreuz bildeten.

Isabelle turnte nicht, aber sie trug das Hemd zu einem kurzen Rock. Und sie trug ihn so, daß ich zum erstenmal einen bunten Frauenslip entdecken konnte. »Frauenunterhosen« sagten wir damals. Und wir fragten uns, ob darunter jene Gewächse zu finden sein würden, die sich wie ein Lustgarten von Granatäpfeln ausnähmen, mit dem Geruch von Zedern und Zimt. Edgar und ich hätten gern an Isabelle gerochen. Aber sie ließ uns nicht. Die riecht sicher nach Vanille, vermutete Edgar, der das von seinen Brüdern gehört haben mußte. Ich tippte auf Zimt und Zedern, weil das gut klang und weil ich Zimtsterne über alles mochte, besonders an Weihnachten, und Zedern mich an fremde Länder denken ließen.

Edgar behauptete, ein Höschen von Isabelle gefunden zu haben. Ich hatte noch keines richtig gesehen, nur flüchtig. Gelegentlich sah ich Mutters Unterwäsche im Trockenraum, wenn sie vergaß, die Tür zu schließen, oder wenn ein Wäschestück in der Trommel zurückblieb, aber das waren keine Slips. Ich haßte diese Unterwäsche aus dem weiß geriffelten Stoff, auch weil ich in der Schule deswegen verspottet wurde. Weiße Unterhosen waren unter uns Knaben verpönt, weil sie um die Hüften schlotterten und gelbe Ringe überdeutlich zeigten. Ich trug auch nicht gerne diese weißen Schweißerleibchen, die von allen Männern, auch von meinem Vater, als Unterhemden getragen wurden und oft den Schweiß von zwei Wochen aufsaugen mußten, bis sie endlich im Waschkessel landeten. Die meisten meiner Schulkameraden trugen farbige Unterhemden und Unterhosen.

Ich solle nicht so prüde tun, tadelte mich die Mutter, Männer schwitzten nun mal stärker als Frauen und müßten solche Hemden tragen, die weißen seien immer noch die nützlichsten und auch die billigsten, sie müsse schließlich rechnen.

An einem Nachmittag in Edgars Garten gelang mir ein flüchtiger Blick auf Isabelles Brüste, als sie mir einen Ball zuwarf. Sie waren sehr weiß, mit etwas Dunklem.

Guck bloß nicht so.

Isabelle sah mich strafend an und zog das Leibchen straff.

Mutters Brüste hatte ich nie gesehen.

Sie waren immer eingeschnürt und schienen nicht auf den Auen zu weiden. Einmal brachte Michi einen Büstenhalter aus der Waschküche und drückte am Drahtgeflecht herum, das in fleischfarbenes Elastik gefaßt war.

Beha, spottete der Kleine.

Die Mutter legte nicht nur ihre Brüste in Eisen, sie befestigte auch ihre Hüften mit einem Hüftgürtel.

Hügü, lachte Michi.

Der Kleine und ich zogen einmal die dünnen Bügel aus dem Elastik eines Hüftgürtels, der in der Wäschetrommel geblieben war. Die Lamellen eigneten sich ausgezeichnet zum Steineschleudern, aber auch zum Schuhespannen oder zum Katzenquälen.

Ich stellte mir vor, wie sehr diese Bügel der Mutter ins Fleisch schnitten. Ich stellte mir Mutters Hüft- und Bauchpartie wie das Gittermuster einer Gefängniszelle vor. Als ich Jahre später einmal von einem mittelalterlichen Keuschheitsgürtel las, fielen mir unwillkürlich die Hüftgürtel meiner Mutter ein, die Fleisch und Geschlecht in Gefangenschaft, hinter Gitter sperrten, in Haft nahmen, lebenslänglich.

Bei Isabelle lag alles frei, ob unter den Schweißerleibchen oder leichtem Blusenstoff. Da erschienen ihre Brüste auch nicht mehr als Zicklein, sondern eher, so drückte Edgar sich aus, als Scheinwerfer, die geradewegs auf einen zuhielten.

Die strahlen dich an, begeisterte sich Edgar, und treffen direkt ins Herz.

Durch seine Brüder war Edgar, im Vergleich zu mir, ein Fachmann, er kannte sich aus und gab sein Wissen an mich weiter, ohne mich wegen meiner Unkenntnis zu verspotten, anfänglich wenigstens.

Wenn mein Vater sich nicht davongemacht hätte, wäre ich vielleicht nie Edgars Freund geworden und hätte Isabelle nicht kennengelernt und vielleicht noch lange nichts über Rehzwillinge und Gewächse von Granatäpfeln erfahren.

Edgar führte mich also auf den Hochsitz, der am Waldrand lag und den Jägern eine ideale Aussicht auf den Wildwechsel bot. Edgar zeigte mir den Blick auf das nahe Gehöft des Bodenackerbauern, der Kern hieß und Isabelles Vater war.

Du wirst Augen machen, prophezeite er. Da siehst du alles, nicht nur die Brüste, auch die Gewächse, den ganzen Garten.

Edgar schien vergnügt.

Du wirst staunen.

Er schmunzelte.

Es dauerte lange, bis ich staunen konnte. Ich schreckte auf, als im Zimmer Licht gemacht wurde.

Doch an diesem Abend gab es gar nichts zu sehen. Isabelle setzte sich in einen breiten Ohrensessel, blätterte in einem Heft und hörte Musik. Dann verließ sie das Zimmer wieder.

Als alles dunkel blieb, kletterten wir hinunter.

Nur Geduld, mahnte Edgar, das wird schon werden.

Wir kletterten einige Male auf den Hochsitz, bis es etwas zu sehen gab. Aber das Warten hatte sich gelohnt.

Isabelle lag nackt auf dem Bett, drehte und räkelte sich. Nach einer Weile, wir fürchteten schon, das sei alles, betastete sie mit den Händen ihren Körper, unendlich langsam. Edgar und ich sahen gespannt zu. Wir kicherten, genossen die Heimlichkeit, stießen uns an, fühlten uns, während wir die ahnungslose Isabelle beobachteten, so auserwählt wie raffiniert. Jahre danach, bei einer späten Begegnung, verriet mir Isabelle, daß sie uns da draußen mehrmals gesehen und es ihrerseits genossen habe, die Regeln vorzugeben und uns im Glauben zu lassen, wir seien die Klugen.

Damals ahnten Edgar und ich nicht, daß wir wegen Isabelle Streit bekommen würden.

Oft dachte ich an Isabelle, um nicht an den Vater zu denken, ich folgte Isabelles kleinen Händen, die langsam ihren Körper hinabglitten. Isabelles gerötetes Gesicht, angespannt, leicht verkrampft, als radle sie um den Bergpreis in verbissenem Zweikampf mit Bobet, dem Sieger der Tour de France, oder mit Fausto Coppi, der mein Lieblingsfahrer war. Vielleicht hätte ich Vater von Isabelle erzählt, und er mir von seiner Reise.

Ich hätte gern mit dem Vater ein Geheimnis geteilt.

Ich lauschte.

Der Kies knirschte auch in dieser Nacht nicht, kein Laut auf dem naßdunklen Weg, Tropfen zierten die Büsche des Gartens. Stille, manchmal Küchengeräusche aus dem Nachbarhaus, das Klacken einer Klinke. Vielleicht, dachte ich, hätte ich ihm wirklich von Isabelle erzählt. Selber schuld, brummte ich trotzig, schrieb einige Sätze in mein Heft und las dann im *Robinson* weiter.

Wenn ich gegen Morgen noch immer nicht schlafen konnte und das erste Licht des Tages erbarmungslos ins Zimmer fiel, war ich wütend auf den Vater. Ich ballte meine Fäuste und hätte am liebsten auf ihn eingeschlagen. Aber auch das war nicht möglich. Ich wußte nicht, wo er war. Ich wußte überhaupt nichts von ihm.

Dein Vater ist sperrig, stellte Edgar fest, viele Väter sind sperrig, meiner ist es auch. Es ist schwierig mit sperrigen Vätern, seufzte er, wir sind nicht zu beneiden.

Er krümmte leicht die Finger und lachte.

Nein, wir waren nicht zu beneiden, dachte ich.

Wir tragen die Väterhypothek, sagte Edgar altklug, wie er manchmal war, nirgends sind die Zinsen höher, wir zahlen lebenslänglich. Vielleicht kam er darauf, weil seine Mutter immer darüber klagte, daß sie die Hypothek nicht bezahlen könne. Ich wußte nicht, ob wir auch eine Hypothek zu bezahlen hatten. Die Mutter verriet mir nichts darüber. Aber da sie über soviel anderes zu klagen hatte, vergaß sie vielleicht die Hypothek.

Beim Einschlafen dachte ich über die Vaterhypothek nach. Bei mir war es die Vaterlücke. Der Vater war weg, und mich schaute die Mutter vorwurfsvoll an, als sei es meine Schuld, daß der Vater abgehauen war, auf eine Expedition in den Himalaya, auf den K2, an den Südpol oder wohin auch immer. Vielleicht wünschte ich auch deshalb den Vater so sehnlich zurück, damit die Mutter ihm mit vorwurfsvoller Miene begegnen würde, nicht mir. Ich konnte ja nichts dafür, daß ich da war.

Manchmal kam ich mir wie ein Sträfling vor, angekettet an einer Stahlkugel wie die Gefangenen in den Mickey-Maus-Heften.

Der Gedanke an Isabelle war in solchen Stimmungen ein Trost. Aber nur ein kleiner. Denn nah an Isabelle heran kamen Edgar und ich eigentlich nie. Und das eine Mal führte zum Streit zwischen uns.

Das war lange nach jenem Tag, an dem sie im Nachbardorf den Toten im Fluß gefunden hatten, im Spätherbst, als die Tage kalt waren und die Nebel sich nur noch selten auflösten.

Auch in unserem Dorf sprach man von diesem Toten, den niemand kannte, der von weit her angeschwemmt worden war. Polizisten hatten das Gebiet mit Seilen abgesperrt, um die Spuren sichern zu können. Auch Beamte der Kriminalpolizei aus der Hauptstadt waren eingetroffen und hatten alles untersucht.

Edgar erzählte mir von dem Nachmittag am Fluß, als man den Toten geborgen hatte, mir hatte die Mutter verboten hinzugehen; sie hielt mich im Haus fest.

Der Körper sei in den unterspülten Wurzeln der Bäume festgeklemmt gewesen. Mehrere Polizisten hätten in Stiefeln, die bis an die Hüften reichten, im Wasser gestanden und versucht, den Toten freizubekommen. Am Ufer hätte ein Mann die im Wasser watenden Polizisten mit lauter Stimme kommandiert, erzählte Edgar, ein hohes Tier von der Kriminalpolizei, mit Hut und Mantel. Immer von neuem habe dieser zur Vorsicht gemahnt, als fürchte er, die Männer im Wasser würden den Toten auseinanderzerren, in Stücke reißen oder als könne er beim Bergen auseinanderfallen. Vom Toten habe man eine Hand sehen können, die aus dem Wurzelwerk herausragte, weißliche Haut, der Zeigefinger seltsam abgespreizt. Edgar streckte den Finger in die Höhe.

Wie eine Drohung sei ihm diese Hand vorgekommen, behauptete er. Außer der Hand habe man nur noch den einen nackten Fuß gesehen, der von einem schlammigen Gewächs umwickelt gewesen sei.

Edgar war, erzählte er, etwas oberhalb der suchenden Männer nah ans Wasser getreten und hatte versucht, den Körper des Toten im Geäst genau anzusehen.

Ich habe keine Angst vor Toten.

Stolz war in Edgars Stimme, er hatte in seinem Leben schon drei Tote gesehen, einer davon war sein Großvater gewesen. Lange hatte es gedauert, bis der Körper aus dem Wurzelgeflecht herausgelöst war. Voller Schürfwunden sei sein Gesicht gewesen, das Haar voller Schlamm, rapportierte Edgar, die Augen schienen herauszuquellen; die Hände aufgedunsen, kleine Luftballons, in die man mit einer Nadel hätte hineinstechen können. Langsam wurde er auf ein Gummiboot gelegt und ans Ufer geschoben, wo man ihn mitsamt dem Boot aus dem Wasser hob.

Ein Mann mit einer weißen Schürze und einer Gesichtsmaske habe sich über den Toten gebeugt, den Kopf geschüttelt und dann hilflos fragend in die Gesichter der Leute geschaut, die dichtgedrängt am Ufer gestanden und auf die Leiche gestarrt hätten.

Niemand kannte ihn.

Das sei, berichtete Edgar, auch kein Wunder gewesen, so wie der dreingeschaut habe, voller Schmutz und Schlamm; er glaube, und die meisten Leute seien auch der Ansicht gewesen, er sei ein Ausländer, ein Süditaliener oder gar ein Nordafrikaner, ein südlicher Typ jedenfalls, das sei trotz der weiß aufgequollenen Haut klargeworden.

Der Tote sei ins Leichenschauhaus der Kantonshauptstadt gebracht worden, hatte Frau Widmer im

Laden der Mutter erzählt und dabei die Vermutung vom südlichen Typ bestätigt. Sicher ein Fremdarbeiter, behauptete die Widmer, die viel mit Ausländern zu tun hatte, weil sie auf dem Einwohneramt arbeitete.

Ich mußte die ganze Zeit an meinen Vater denken, ob auch er irgendwo als unbekannter Toter gefunden worden sei oder noch gefunden werden würde. War er abgestürzt? War sein Körper zerschlagen und entstellt und auf einer Geröllhalde liegengeblieben, am Rande eines Schneefeldes, wo ihn niemand fände und Vögel an seinem Leichnam herumpickten? Mein Vater hatte mir erzählt, daß Bergsteiger, die in Gletscherspalten gefallen seien, nach Jahrzehnten plötzlich zum Vorschein kämen, weil der Gletscher sie ausstoße. Auf einmal erscheine dann eine Hand oder ein Fuß in einem Gletscherabbruch, und dann müsse man den ganzen Leichnam herausfräsen, sonst würden die herausragenden Teile verwesen oder von Vögeln gefressen. Der Vater hatte gesagt, daß der Proviant, den diese Toten bei sich trügen, oft noch unverdorben sei und ohne Probleme verzehrt werden könnte.

Ich fragte die Mutter, was mit unbekannten Toten geschehe.

Sie dachte eine Weile nach und erklärte dann, daß sie eines Tages wohl verbrannt und ihre Asche verstreut würde, auf einem Friedhof oder auf dem freien Feld.

Ich drang nicht weiter in sie.

Eines Nachts, als ich wach lag, stellte ich mir vor, wie die Asche meines Vaters irgendwo verstreut würde. Und wir nie mehr etwas von ihm hören würden.

Nein, schrie ich.

Ich rief so laut, daß die Mutter ins Zimmer kam und wissen wollte, was los sei.

Wann kommt der Vater, fragte ich, wann endlich?

Die Mutter schwieg, seufzte dann.

Ich weiß es nicht, gab sie zur Antwort, vielleicht kommt er bald wieder, er kann nicht ewig in den Bergen bleiben.

Vielleicht ist er auf Spitzbergen, hatte Edgar einmal geäußert, das hätten seine Brüder auch von seinem Vater gesagt und dabei gelacht.

Ich lachte nicht.

Ich wußte nicht genau, wo die Spitzberge lagen, irgendwo am Nordpol; der Lehrer hatte von Ballonfahrern erzählt, die von Spitzbergen den Nordpol erreichen wollten. Man hatte sie im Schnee gefunden, Eisbären hatten ihnen die Köpfe und Arme abgebissen, weil diese aus dem Schlafsack ragten. Ich wollte keinen kopflosen Vater.

Die Mutter fuhr mit der Hand über die Bettdecke, sehr langsam, fast unmerklich.

Ich sah ihre geröteten Hände, rauh die Haut, voller Risse, sie glänzte matt und duftete nach Hautcreme. Mutters Gesicht kam mir jetzt ruhig vor, nicht fahrig wie sonst, mit diesen harten Lippen, die ich nicht zu küssen gewagt hätte.

Ihre Hand glitt über die Decke, ein leise schabendes Geräusch, das mir sehr gefiel. Ich ließ mich ganz ins Kissen zurückfallen, schloß die Augen und hoffte, die Mutter würde noch eine Weile bleiben, die Decke solange streicheln, bis ich einschlafen könnte. Sie hätte gar nicht sprechen müssen, auch das Schweigen wäre mir recht gewesen, einfach mit ihr in dieser Stille zu sein.

Vielleicht kommt er diese Nacht, flüsterte ich.

Vielleicht, erwiderte die Mutter, einmal muß er ja kommen.

Ihre Hand glitt noch einige Male über die Decke, ich fragte nichts mehr.

Zeit zu schlafen, flüsterte sie, zog ihre Hand zurück, stand auf und ging.

6

Die Zeit, was ist die Zeit? Damals, als der Vater fortgegangen war, kam sie mir lang vor und langweilig. Warten, aber auch flüchten, zurück in die Zeit, als der Vater noch da war, sich sehnen nach dem Tag, wenn der Vater wieder da wäre. Ich schwankte zwischen Erinnerung und Erwartung; erst zählte ich die Tage und Wochen, dann die Monate. *Längi Ziit, längi Ziit,* prustete Michi. Lange Zeit, das war der Ausdruck für die Sehnsucht nach dem Vater, den Michi und ich damals brauchten. Der Kleine malte in jener Zeit immer wieder Blätter mit weißer Farbe voll, Schicht um Schicht, mal ein helleres, mal ein dunkleres fast sandfarbenes Weiß. Ich dachte bei diesem Weiß an den weißen Wal, von dem uns der Lehrer erzählt hatte, von der vergeblichen Jagd des Kapitäns Ahab nach dem Wal. Die Vorstellung eines weißen Wals machte mir angst, erinnerte mich an Geister und Tote. Vielleicht war der Vater selber ein weißer Wal geworden, der sich nicht fangen ließ, und der Kleine und ich rannten vergeblich hinter ihm her.

Michael trug sein Weiß auf, bis das Blatt dick und wellig schwer geworden war, dann schrieb er ein paar Wörter darauf, »nicht da« oder »fort« oder »längi Ziit«. Manchmal beobachtete ich, wie Michi über seinen weißen Blättern weinte, und dann wie wild mit dem Pinsel über das Papier strich, besessen: weiße weite Felder, in denen sich schemenhafte Gestalten verloren, Tiere, Ungeheuer.

Ende Mai war der Vater gegangen.

Ich wollte nicht glauben, daß der Vater keine Nachricht schickte, uns allein ließ.

Manchmal ging ich zur Mutter, hoffte, sie würde etwas sagen, mich trösten.

Sie sprach mit den Frauen im Laden, schnitt Fleisch, strich Brote für die Arbeiter der Schuhfabrik.

Ich habe jetzt keine Zeit, am Abend dann.

Ich strich durch das Haus, vom Estrich in den Keller, dann wieder in mein Zimmer, in den Garten.

Du machst dich noch verrückt, stöhnte die Mutter, und mich auch.

Schau nicht so verbissen drein, mahnte sie, ich hab dir nichts getan.

Ich schwieg, Michi malte. Er malte, als der Mutter mitgeteilt wurde, er könne nicht eingeschult werden, er müsse im Heim bleiben, die Symptome seien geblieben; nichts habe sich verändert seit der letzten Untersuchung. Michi nickte nur und malte weiter, als sei es gut so. Kein Rufen und kein Schreien. Nichts. Aber in diesen Wochen muß es gewesen sein, daß er nicht mehr der Kleine und nicht mehr Michi sein, sondern bei den Vornamen gerufen werden wollte, die zu ihm gehörten: Michael Konrad. So schrieb er es unter seine Zeichnungen.

Für immer ins Heim, klagte die Mutter und blieb ratlos, schrie uns an oder weinte vor sich hin.

Ich schrieb auf, was passierte; mit dem Kleinen, mit der Mutter; ich schrieb vom Gras, das im Hof wuchs. Ich hielt kleine Szenen und Ereignisse fest. Die Mutter, die im Laden stand, mit einer Kundin sprach und dabei ständig an der Tasche ihrer Schürze nestelte; die Katze, die durch den Garten streifte, sich mitten auf ein Beet legte, das von Unkraut überwuchert war. Ich schrieb auch über mich selber, schrieb »er« statt »ich«.

Thomas steht am Fenster und schaut auf den Garten hinunter, der verwildert ist, seit der Vater nicht mehr da ist. Der Bruder will jetzt Michael Konrad heißen; er kann nicht in die Schule und muß im Heim bleiben. Thomas bittet heimlich den Vater, sich doch zu melden, zurückzukommen, wieder bei ihnen zu sein.

Oft, wenn ich in den dämmernden Tag hinein wach lag, träumte ich von Isabelle, vor allem seit Edgar mir verraten hatte, manchmal trage sie unter dem Rock kein Höschen. Da könne man alles sehen. Ich hätte gerne auch mal alles gesehen, Edgar hatte nur Andeutungen gemacht; wild, raunte er mir zu, eine Mähne. Das Wort Mähne hatte auch Michi gefallen. Edgar versprach, mich wieder zu Isabelle mitzunehmen; wenn wir Glück hätten, sei sie zu Hause vielleicht wieder »bar« unter dem Rock. Ich weiß nicht, warum Edgar das Wort »bar« brauchte, vielleicht, weil wir im Sommer barfuß gingen. Edgar sagte, manchmal zeige Isabelle auch freiwillig etwas. Ich wußte nicht, ob ich Edgar glauben sollte, aber es machte mich neugierig; ich hoffte, daß ich einmal dabeisein dürfte, wenn Isabelle sich zeigte. Ich stellte es mir vor, seit Edgar mir davon erzählt hatte. Er sprach vom Duft ihrer Haut; nach frischem Stroh rieche sie, nach Erde oder eben nach Vanille.

Zimt und Zeder, erwiderte ich trotzig.

Wenn Tante Julie zur Mutter sagte, jetzt ist dein Mann schon vier Monate weg, Helen, dachte ich, so lange schon.

Michael hörte eines Tages auf, weiße Blätter zu bemalen.

Dafür fielen Blätter von den Bäumen, es wurde Herbst, Spätherbst, Winter.

Bei uns blieb alles immer gleich.

Nur Tante Julie besaß jetzt einen Fernseher, sie hatte Michi und mich einmal eingeladen. Wir sahen eine Folge der Serie *Familie Schölermann*, von der alle sprachen, die schon einen Fernseher hatten. Mich interessierte das nicht, ich hatte genug Familie; zudem schnarchte Onkel Georg so laut im Sessel, daß wir kaum ein Wort verstanden. Michael fing deshalb zu kichern an. Das störte Tante Julie, denn ihr gefiel die Serie, trotz des Schnarchens. Sie schickte uns nach Hause. Als wir später den Boxkampf von Bubi Scholz bei ihr schauen wollten, holte sie uns nicht ab.

Die Mutter wollte keinen Fernseher.

Statt in den Fernseher schaute ich aus dem Fenster.

Ich wurde zu einem, der immer öfter aus dem Fenster schaute, auf die Dächer im Quartier, den nahen Fluß, die Fabrik, den Garten und den Hof. Ich schrieb auf, suchte nach Worten. Schrieb ich hier erstmals Wörter aus Büchern heraus, um mehr Wörter zu kennen? Das Wort »raunen«, das Wort »blöken«. Oder war das später?

Ich lauschte auf nächtliche Geräusche hinterm Haus. Ich vernahm das Schnarren eines Vogels, hörte den Regen aufklatschen in Vaters Regentonne, ein nächtliches Glucksen; das Wimmern und Kreischen der brünstigen Katzen, ein Knacken unter dem Dach, das mir angst machte, das Kreischen der Motorräder in der großen Kurve der Landstraße, dann, weit nach Mitternacht, das Schleifen schwerer Schuhe auf dem Kiesweg: Der betrunkene Nachbar kehrte heim. Kein Fahrrad mit schepperndem Kettenkasten. Auf der Rampe in den Keller hinunter keine tappenden Schritte.

Als es gegen Weihnachten ging, wurden wir unruhig. Ich glaube, es war Michael, der mich, und auch die Mutter, aus der Betäubung wartenden Dahindämmerns aufschreckte und uns zu allen möglichen Beschäftigungen antrieb.

Der Kleine fing wieder an, seine weißen Felder zu malen, statt Worte kleckste er schwarze Spuren hin, Vogelspuren im Schnee, in Reihen von oben nach unten, von einer Ecke in die andere.

Kommt, prustete er, kommt.

Nichts weiter.

Wir dachten alle an den Vater. Aber niemand sprach dieses Wort aus, niemand äußerte sich zu den bevorstehenden Festtagen. Die Mutter tat, als sei alles wie immer. Den Weihnachtsbaum bestellte sie beim Förster, früh begann sie mit dem Backen. Wir halfen ihr, stanzten, wie jedes Jahr, die Sterne und Herzen aus dem Teig. Dieses Jahr naschten wir kaum vom Teig; geradezu vorbildlich legten wir die ausgestochenen Teigplätzchen auf das Backblech.

Die Mutter ließ uns einen Wunschzettel schreiben. Wir versuchten es. Mir fiel nichts ein, was ich mir wünschen sollte. Und was mir einfiel, wagte ich nicht hinzuschreiben.

Am Weihnachtstag malte Michael ein weißes Blatt, die Spuren vom Hintergrund zum Vordergrund waren jetzt größer, menschlichen Tritten ähnlich, aufgeplustert erschienen sie mir, aufgeblasen wie Luftballons.

Kommt, posaunte er, kommt.

Ja, er kommt, bekräftigte ich und rannte aus dem Zimmer. Ich setzte mich aufs Bett und stützte den Kopf in die Hände.

Später entdeckte ich Michael im Korridor, er saß auf dem Boden, die Beine ausgestreckt, und starrte unverwandt auf das Telefon an der Wand, mit großen traurigen Augen.

Am Nachmittag hörten wir ein Klingeln an der Tür. Wir hielten den Atem an, lauschten. Michael schlug die Hände zusammen. Wir warteten. Langsam ging die Tür auf – Tante Julie trat mit einem Korb voller Geschenke ein.

Damit ihr auch genug zum Auspacken habt, rief sie und trug die Geschenke unter den Weihnachtsbaum. Wir setzten ihr unser Weihnachtsgebäck vor; wir selber hatten bisher kaum davon gegessen. Die Tante war mit dem Auto gekommen, einer weißen Isabella, die ihr Mann, Onkel Georg, gekauft hatte, als Geschenk für sie beide. Weil er oft betrunken war, hatte die Tante fahren gelernt. Sie lud uns auf eine Spritztour ein, damit die Mutter den Baum schmücken konnte, doch Michael und mir stand nicht der Sinn nach einem Ausflug in Julies Isabella. Eher schon nach Isabelle.

Tante Julie half der Mutter beim Schmücken des Baumes. Michael und ich saßen im Flur und warteten, der Kleine hob immer wieder den Hörer ab und versuchte an der Drehscheibe eine Nummer zu wählen.

Die Mutter schickte uns hinaus, in den Wald, wir sollten Tannenzweige holen, Moos und Laub. Widerwillig brachen wir auf. Doch kaum waren wir um die Ecke gebogen, schüttelten wir den Kopf. Wir waren jedes Jahr mit Vater in den Wald gegangen. Wir liefen zu Edgar, vielleicht würde er uns in den Wald begleiten oder uns zu Isabelle führen, um die Zicklein in den Auen springen zu sehen, die zwei Gazellen unter Lotosblüten, die nicht wirklich in unseren Winter paßten.

Doch diesmal wimmelte Edgar mich ab, sein Vater sei gestern abend angekommen, sie müßten im Haus bleiben, man wolle wieder einmal zusammen Weihnachten feiern, die ganze Familie, alle müßten helfen.

Ich war enttäuscht.

Dann gehen wir allein in den Wald.

Ich zog Michael am Ärmel, wir rannten und irrten ziellos im Wald umher. Am Schluß schnitten wir ein paar Tannenzweige ab, gruben Moos aus und trugen es nach Hause. Tante Julie saß noch da und blieb zum Essen. Ihr Mann sitze ohnehin in der Kneipe, wetterte sie, der saufe auch an Weihnachten und lalle dann unter dem Baum.

Wir lachten, es war das einzige Mal an diesem Tag, aber wir lachten laut.

Kaum war Tante Julie gegangen, Mutter hatte eben angefangen, die Kerzen am Baum anzuzünden, da klingelte das Telefon. Wir rannten alle drei in den Flur. Michael war der schnellste, obwohl er sich recken mußte, um den Hörer zu erreichen. Er preßte ihn fest an sein Ohr, Mutter und ich neigten uns zu Michael hinunter. Der sagte kein Wort.

Was ist, rief die Mutter.

Michael schüttelte langsam den Kopf. Ich entriß ihm den Hörer, nannte meinen Namen, zweimal. Ich hörte nur ein Knacken in der Leitung, ein Atmen, aber es kann auch sein, daß ich es mir bloß einbildete.

Ich gab den Hörer an die Mutter weiter.

Auch sie preßte ihn ans Ohr, ohne zu sprechen, hielt ihn später noch eine Weile in der Hand, dann legte sie ihn auf die Gabel zurück. Wir bewegten uns lange nicht von der Stelle, verharrten mitten im Korridor vor dem Wandtelefon, reglos lauschend.

Schließlich zündete die Mutter die Kerzen an und rief uns ins Zimmer. Der Baum trug denselben Schmuck wie alle Jahre. Unter dem Baum hatte Mutter Laub und Moos verteilt und die Geschenke hingelegt.

Wenigstens mußten wir nicht singen, wenn Vater fehlte. Die Weihnachtsgeschichte las aber auch niemand vor. Die Mutter fragte, ob nicht wenigstens einer von uns ein Gedicht oder einen Vers aufsagen könne.

Michael und ich schüttelten gleichzeitig den Kopf. So standen wir schweigend vor dem Baum. Etwas später glaubte ich, draußen noch einmal das Telefon klingeln zu hören. Es muß eine Täuschung gewesen sein.

So öffnet halt die Geschenke!

Die Mutter sagte es energisch. Sie stand auf und schlurfte in die Küche.

Mein Bruder und ich holten die Geschenke und begannen mit dem Auspacken. Als die Mutter zurückkehrte, nahm auch sie ihre Geschenke zu sich.

Drei Pakete blieben unter dem Baum zurück. Sie lagen auch dann noch dort, als die Mutter nach Neujahr den Weihnachtsbaum längst weggeräumt hatte.

Ich dankte der Mutter für das Buch und die Handschuhe und verschwand auf mein Zimmer. Michael spielte mit einem roten Kreisel.

Später aßen wir den Nachtisch. Die Mutter drehte das Radio an. So hörten wir doch noch jene Weihnachtslieder, die wir jedesmal hatten singen müssen, nur dieses Jahr nicht.

Das Weihnachtsgebäck ließen wir stehen. Als Michael und ich das Geschirr abgewaschen hatten, schickte uns die Mutter zu Bett, obwohl es eigentlich noch nicht spät war und wir an Weihnachten immer länger aufbleiben durften als an anderen Tagen.

Doch diesmal widersprachen wir nicht.

7

Ich fand das Haus leicht.

Ich fuhr vorbei, parkte am Ende der Straße, wartete. Nach wochenlangem Zögern hatte ich sie angerufen. Ich war unschlüssig. Mein Vater war seit Jahren tot, im Herbst würden es elf Jahre sein. Ich dachte nicht oft an ihn, vergaß ihn aber auch nicht und besuchte manchmal sein Grab.

Es blieb das Bild des Vaters aus den späten Jahren: das Gesicht aufgedunsen vom Cortison, gerötet. Wie er auf einem Stuhl saß, die Hände gefaltet. Zum Sprechen ansetzend, als wolle er etwas fragen und fände die Worte nicht.

Er hatte oft geschwiegen, wenn ich ihn besuchte; er hatte kaum noch gesprochen in seinen beiden letzten Lebensjahren.

Es blieben die Gedanken: an sein sorgendurchfurchtes Gesicht, schon in jungen Jahren, an sein Scheitern als Bauer, als Ehemann, als Vater. Einer, der immer ein Geknickter, ein Zerknirschter gewesen war, kein Ritter von der Tafelrunde, eher einer von der traurigen Gestalt.

Schau nicht so zerknirscht, hatte Tante Julie immer wieder zu ihm gesagt. Michael hatte das Wort aufgenommen, das muß nach der Rückkehr des Vaters gewesen sein; zerknischt, näselte er, der Vater ist zerknischt. Zerknirscht, korrigierte die Mutter.

Zerknischt, wiederholte Michael. Wenn ich später

das Wort zerknirscht hörte, mußte ich immer an den Vater denken, wie er dasaß, den Oberkörper leicht vorgebeugt, das Gesicht gesenkt, als schäme er sich. Wenn er sich zum Sprechen anschickte, fürchtete ich, er wolle irgend etwas beichten, eine Untat, die er begangen hatte. In der Sonntagsschule sprach der Pfarrer von zerknirschten Seelen und gebrochenen Herzen, die aufgerichtet werden müßten.

Mir gefiel es nicht, einen zerknirschten Vater zu haben, den man aufrichten mußte. Auch andere fielen mir auf, die zerknirscht wirkten wie Vater; etwa der Hausmeister Lemmel, der immer mißgelaunt war, weil wir Schüler am Eingang den Dreck nicht von unseren Schuhen klopften. Er wußte, daß wir ihn heimlich Langen Lümmel nannten, weil er einsneunzig groß war. Lemmel litt bei jedem ungereinigten Schuh, der in die Eingangshalle gelangte und dort Schmutz von draußen mit hereinbrachte, aber er schaffte es nicht, den Schüler zurechtzuweisen. Wenn der Korridor an einem Regentag dreckübersät war, schien Lemmel den Tränen nah.

Einer, der auch litt, war der Buchenschacher; er war Laufbursche und mußte im Laden meiner Mutter die Pausenbrote für seine ganze Abteilung, die Sohlenkleberei, holen. Während er wartete, bis die Brote zubereitet waren, atmete er in kurzen heftigen Stößen, Schweißtropfen bildeten sich an seinen Schläfen. Sein Atem ging immer schneller, ähnelte bald einem Hecheln oder Röcheln. Wie Vater, der oft im Hinterzimmer ähnlich röchelte, Vater war einer wie Buchenschacher, dachte ich, einer wie Lemmel.

Ich begegnete immer wieder Menschen, die wie Vater waren, kleinlaut und ängstlich, die sich nicht wehrten, wie Bauarbeiter Calimani, dem die Kinder Schimpfnamen nachriefen, und der weiterging, als höre er sie nicht. Sie alle waren wie Vater, aber ich hätte sie mir nicht als Väter gewünscht, ich hätte mir auch meinen Vater nicht als Vater gewünscht, sondern einen wie Hindenburgs Vater, der täglich ausritt, vom Pferd hinunter die Leute grüßte, den Frauen zulächelte und dabei leicht die Hand hob. Oder einen wie Isabelles Vater, einer, der jeden Donnerstag mit jungen Frauen Tennis spielte, einen Porsche fuhr, den einzigen im Dorf.

Vielleicht hätte ich sogar Onkel Franz lieber als Vater gehabt, obwohl er sich ständig in neuen Berufen versuchte, der aber immer eine junge Frau an seiner Seite hatte, einen, der Geschichten erzählen konnte, die zwar niemand glaubte, dem man aber gespannt zuhörte. Meinem Vater hörte man nicht zu, wenn er mal was zu erzählen versuchte. Vielleicht hätte ich auch Onkel Maurice, den Polizisten, als Vater vorgezogen. Er war Gefängnisvorsteher, die Gefangenen fürchteten ihn. Manchmal, wenn ich bei ihm zu Besuch war, begleitete ich ihn auf dem Gang von Zelle zu Zelle, hörte zu, wie er durch die Klappe mit den Gefangenen sprach. Onkel Maurice wirkte selbstsicher und bestimmt, und Hindenburgs Vater grüßte locker vom Pferd hinab. Nur mein Vater wirkte immer zerknirscht.

Ich hätte Vera Altmann lieber im Café getroffen.

Aber sie hatte mich, mit dem Hinweis auf die »Sachen«, die sie mir zeigen wollte, gebeten, sie zu Hause zu besuchen, sie habe »alles« bereitgelegt. Gerade das fürchtete ich.

Privatmuseum, dachte ich und schluckte. Ich würde

dieser Vera klarmachen, daß auf unserer Familie ohnehin zuviel Vergangenheit lastete. Und daß ich genug von diesen vergangenen Geschichten hätte. Vermißte, Umgebrachte, am Suff Verstorbene: Das Schicksal meiner Vorfahren war wenig erhebend. Vielleicht hatte mein Vater deshalb so zerknirscht in die Welt geschaut, weil er wie Klees Engel der Geschichte zurückgeblickt und seine Ahnen gesehen hatte.

Ich würde Vera erzählen, und dabei vor keiner Übertreibung, zu der mein Mißmut mich trieb, zurückschrecken, daß ein genealogieverrückter amerikanischer Namensvetter eines Tages an meiner Haustür geklingelt und mich als Nachkomme gemeinsamer hugenottischer Vorfahren aus dem 16. Jahrhundert, welche die Inquisition in die Flucht getrieben hatte, begrüßt habe. Dieser Namensvetter, der durch den Verkauf von Nagelfeilen und Hühneraugenmessern reich geworden war, hatte keine Mühe gescheut und eine Geschichte unserer Familie geschrieben, welche die Ursprünge im hugenottischen Frankreich ebenso untersuchte wie die verschiedenen Wanderbewegungen von einzelnen Familienangehörigen rund um den Erdball.

Das ergebe, würde ich weiter ausführen, eine Übersicht der weltweit verstreuten Angehörigen unserer Familie. Unter ihnen seien zwei auf dem elektrischen Stuhl hingerichtete Massenmörder, der Erbauer einer Seilbahn zu den Rocky Mountains und ein Maler, der in der Nachahmung von Jasper Jones sich mit der Herstellung von Wachsbildern beschäftigte, aber nach einem Japanaufenthalt in seinem vierzigsten Jahr Harakiri begangen habe. Das Wort »Harakiri« gefiel mir, obwohl ich seither wußte, daß in der Vergangenheit meiner Familie nichts Erfreuliches zu finden sein würde. In Edgars Familie hatte keiner Harakiri begangen.

Ich würde Vera klarmachen, daß ich keine Lust hatte, nun noch eine Geschichte zu entdecken, die zweifellos eine weitere nach sich ziehen würde. Meine Familiengeschichte sei voller dahingegangener Tanten, die, von Bleich- oder Schwindsucht verzehrt, von Eß- oder Magersucht gelähmt, ein kümmerliches Dasein gefristet hatten; die einen waren ledig geblieben, verbitterte Jungfern, die mit dem Alter vor Gram klein und schrumplig geworden waren und als Käfer oder Wühlmäuse im Dung ihrer gehäuften Irrtümer alle Epochen überdauert hatten; andere, zunächst glücklich darin, geehelicht worden zu sein, so sagte es Tante Julie, wurden durch ihre Männer bis ins hohe Alter gequält und schikaniert, gingen an unerfüllten Sehnsüchten und vergeblichen Hoffnungen zugrunde, starben früh oder pflegten und umschwirrten als dunkle Mumien oder ätherische Falter die Gräber ihrer Männer.

Neben dieser Tantengalerie gebe es eine weitere von qualvoll verendeten Onkeln, von Leber- und Magenleiden, von Zirrhosen, Thrombosen und Psychosen früh gefällt, totgebissen von einem Hund oder von einem Wildschwein durchbohrt. Und hinter ihnen die erschlagenen Großmütter, die fehlgeleiteten, aus der Fremde gebeutelt zurückgekehrten Großväter, die mit einer Invalidenrente noch ein paar Jahre im Sessel verbringen konnten, darbend, fluchend, trinkend, bis eine Leberzirrhose auch sie dahinraffte oder ein Blitzschlag sein Trefferglück unter ihrem Vordach suchte.

Kammer um Kammer tue sich, wenn ich an das Vergangene denke, vor mir auf, würde ich Vera darlegen, Gruft um Gruft, und zeige eine Folge vergeblichen Strebens und Mühens, die nur bestätigte, was Freud schon immer gesagt hatte: daß Glück in der menschlichen Existenz nicht vorgesehen war. Ob da einer in eine Jauchegrube gefallen und erstickt war wie mein Großonkel Heinrich oder ob eine mit der Vespa die Stärke einer Mauer geprüft hatte wie Tante Clarissa, ob man auf der Jagd von einem Querschläger getroffen wurde wie der Bruder meiner Mutter oder in eine Fallgrube gestürzt und erfroren war wie Onkel Helmut: eine Ausgeburt menschlicher Irrgänge und Irrläufer offenbare sich. In all den Kammern einer endlos langen Familiengeschichte, würde ich Vera mitteilen, und dabei hoffen, ihr würde endlich übel ob all der Skelette und Leichen im Schrank, modere das Vergangene, das nicht vergehen wolle, sich immer von neuem in der Gegenwart breitmache, miefig, borstig, unerträglich.

Ich wollte das alles nicht mehr. Ich flehte den Engel der Geschichte an, endlich vorwärts zu blicken.

Ich hatte genug von all den Familiengeheimnissen.

Ich hatte es am Telefon nicht geschafft, Vera das zu erklären. Zu sehr war ihre Stimme von zurückhaltender Freundlichkeit, liebenswürdig neugierig; auch wenn sie unaufdringlich, ja geradezu beiläufig über das sprach, was ihre Mutter und meinen Vater anzugehen schien, glaubte ich herauszuhören, daß es ihr wichtig war. Mir aber nicht.

Ich hatte sie nicht enttäuschen wollen, war hierhergefahren, wider Willen, und wäre am liebsten gleich wieder umgekehrt.

Ich ging langsam die Straße hinauf, Einfamilienhäuser mit die Vorgärten abgrenzenden Zäunen, da und dort eine Kompostanlage, ein Ensemble von Gartenzwergen, ein Biotop mit Fischen und Schilf; daneben Grills, Stühle, Tische in den Landesfarben, alles war jetzt wieder in den Landesfarben gehalten, auch Geldbeutel und Männerunterhosen. Schließlich feierte man im ganzen Land einhundertfünfzig Jahre Bundesstaat. Aber die Zeitungen schrieben mehr vom Goldhandel mit den Nationalsozialisten, der jetzt untersucht wurde, Raubgold von Verfolgten, Opfergold.

Zwischen den Häusern der Fluß, dunkel ziehend; am anderen Ufer Sträucher, ein Wäldchen, Graugänse, Möwen, hin und wieder ein Storch, ein Reiher, ein Milan.

Der Vater war ein großer Vogelkenner gewesen.

Ich stand vor der Tür, klingelte.

Vera, stellte sie sich vor und begrüßte mich wie einen alten Freund, den man lange nicht gesehen, aber nie vergessen, zu dem sich folglich eine gewisse Vertrautheit nie ganz verloren hat.

Ich blieb reserviert.

Wir standen in einem niedrigen Wohnzimmer, schwiegen.

Ein schöner Gedanke, ich hob die Hand und deutete durch das offene Fenster, man braucht nur über den Fluß zu gehen, und schon ist man im anderen Land, Grenzgänger.

Sie trat neben mich.

Zu Beginn ihrer Schulzeit sei sie mit ihrer Mutter

hierhergezogen in dieses Haus am Rhein, an der Grenze; für sie beide sei das ein guter Ort gewesen.

Sie sei im Mittelland geboren, gar nicht weit vom Tal seiner Kindheit, am selben Fluß, nur weiter südlich, im Luzernischen.

Vera hob die Hand und schaute mir in die Augen.

Wir hätten uns begegnen können.

Wir sind uns nie begegnet.

Ich hielt das in jenem sachlich kühlen Ton fest, der Genugtuung ausdrücken sollte.

Vera ließ sich nicht beirren.

Wir sehen uns heute.

Sie unterstrich den Satz mit einem freundlichen Lachen.

Sie hatte die ganze Schulzeit am Rhein verbracht; auch während des Studiums hatte sie bei ihrer Mutter gewohnt.

Erst mit dreißig war sie nach Genf gezogen und hatte bei den Vereinten Nationen als Dolmetscherin gearbeitet, bis die Mutter krank geworden war vor drei Jahren.

Da drüben ist unser kleines Archiv.

Sie deutete auf den Tisch.

Archiv einer Affäre, brummte ich, Heimlichkeiten, Intrigen und falsche Liebesschwüre …

Warum nicht Archiv einer Liebe?

Vera stieß mich leicht an.

Schau's dir an, ich mache Tee.

Ich nickte, trat widerwillig, mißmutig an den Tisch heran. Da waren diese Kasperlefigur, von der sie geschrieben hatte, und Briefe. Das frische Tischtuch mit dem Blumenstrauß, die sorgsam ausgelegten Dinge erinnerten mich an die Gabentische der Kindheit. Langsam, staunend, lächelnd, Freude zeigend mußte man als Kind sich nähern, von der Mutter genau beobachtet. Und ich hörte schon die Frage: Freust du dich nicht?

Das Foto lag in der Mitte: sie und er. Ich erkannte es sofort wieder, jenes Foto, das ich im Sekretär des Vaters gesehen hatte, das er sich eines Tages von mir an sein Krankenbett hatte bringen lassen: Vater im Strickpullover mit den zwei Hirschen vorne drauf. Danach hatte ich das Bild, glaube ich, nie wieder gesehen. Oder doch? Nach Vaters Tod war es nicht mehr aufzufinden gewesen.

Ein Briefbündel lag da, eine Blechdose mit Fotos, ein Heft, eine Schachtel mit gemalten Herzen, eine Zukkerdose, auf Karton geklebte Spiegelscherben, zwei Kohlezeichnungen, Schattenrissen ähnlich. Und immer die Schrift des Vaters: Liebesworte in allen Farben. Liebeszeichen.

Ich schloß die Augen.

Solche Zeichen hatte er zu Hause nie gemacht, nicht ein einziges Mal, weder zu einem Geburtstags- noch zu einem Weihnachtsfest. Der Vater hatte selten geschrieben, eigentlich nie. Die Mutter hatte ihn einen Schweiger genannt; wenn sie wütend war, gar einen Verstockten.

Aus der Küche vernahm ich das Klappern von Teetassen.

Das ist nicht mein Vater, entrüstete ich mich, kaum daß Vera eingetreten war, das muß ein anderer Mann gewesen sein, ein Dienstkollege aus der Kriegszeit vielleicht, der den Namen meines Vaters benutzt hat.

Komm an den Tisch.

Vera schenkte Tee ein, wir tranken langsam, knabberten Kekse.

Ich hätte nicht herkommen sollen, dachte ich, mein Vater war tot, die Mutter schwer krank, meine Kindheit lag weit zurück.

Vielleicht machen wir einen Spaziergang.

Vera wurde mein Schweigen unbehaglich.

Dein Vater hat uns besucht.

Ich stand auf, trat nochmals an den Beistelltisch, hob eines der Kartonherzen auf und sah Vera an: »Marmor, Stein und Eisen bricht, aber unsere ...«

Sie lachte.

Wollen wir also einen Spaziergang machen?

Ein schmaler Weg führte am Fluß entlang.

Ich hab auch lange Zeit nicht genau gewußt, wer dieser Mann ist, fing Vera wieder an, als wir durch den Garten gingen und dem Weg folgten, der direkt ans Wasser führte, hinein in diesen frühsommerlich warmen Tag.

Sein erster Besuch hier fiel in jene Zeit, als wir neu eingezogen waren, ich hatte eben mit der Schule begonnen.

Vera ging vor mir und drehte sich immer wieder um. Sie mußte Mitte vierzig sein. Kein schönes Gesicht, hatte ich gedacht, als sie die Tür geöffnet hatte, aber die Augen fielen auf, ein kurzes Lachen manchmal, sie war groß und schlank, etwas knochig. Sie trug das lange Haar aufgesteckt, was ihren Nacken lang erscheinen ließ, sonnengebräunte Haut.

Ihre Mutter hatte den Mann zuerst als alten Bekannten aus der Kriegszeit vorgestellt. Ein Soldat, hatte sie gesagt, der in den Grenzdienst eingezogen worden war. Von den Soldaten im Grenzdienst war bei ihnen oft die

Rede gewesen. Die Mutter hatte fast die ganze Kriegszeit über im Haus ihrer Schwester gewohnt und im Gasthof ausgeholfen.

Eine Serviertochterbekanntschaft also, höhnte ich, die Gilberte de Courgenay vom Rhein. Oder gar die Nixe aus dem Rheingold? Holt uns jetzt auch noch die Liebe aus den Schützengräben ein?

Jetzt hör schon auf, empörte sich Vera, für meine Mutter war das keine Affäre, nicht mal eine Romanze.

Was dann?

Und wenn es Liebe gewesen wäre?

Vera schob den Fuß leicht vor, nah ans Wasser, blickte auf den Schleppkahn, der vorüberglitt.

Die Gegend mußte anders gewirkt haben im Krieg. Davon hat die Mutter oft erzählt. Drüben nicht einfach das andere Land, sondern Feindesland. Und die Flüchtlinge jede Nacht.

Wenn man sie nicht zurückschickte in die Hände ihrer Mörder. Davon hat mein Vater erzählt.

Meine Mutter auch.

Vera wendete sich mir zu.

Hier haben sie sich kennengelernt, hier draußen –

Du meinst, mein Vater –

und die Frau, die meine Mutter ist.

Vera trat nah heran, ich roch ihr Haar, ihre Schulter berührte leicht die meine. Ich deutete auf die Paddelbootfahrer auf dem Fluß. Doch Vera ließ sich nicht ablenken.

Die Mutter hatte ihr erst spät, erst in den letzten Jahren erzählt, wie das damals gewesen war, auch an jenem Tag, an dem sie sich in die Arme gelaufen waren, hier am Fluß.

Sein verschmutztes Gesicht hatte ihr gefallen, Tarnfarbe über Stirn und Wangen geschmiert, rußschwarz. Als tarnschwarzer Soldat hatte er vor ihr gestanden. Sie aber sah gleich, daß er einer von diesen Bauern war, die sie im Gasthof gesehen hatte, die manchmal etwas Flegelhaftes hatten und gleichzeitig etwas Zartes, eine sonderbare Mischung.

Sie gingen nebeneinanderher, der rußschwarze Soldat und Anna, schweigend.

Und dann erzählte er plötzlich, ihr, der Fremden, die er hin und wieder im Gasthof gesehen, aber nie gesprochen hatte. Erzählte, daß er in dieser Nacht von seinem Bruder gekommen war, aus der Innerschweiz, und gleich nach dem Einrücken hatte Wache stehen müssen, mit Tarnfarbe im Gesicht und an den Händen. Um fünf Uhr morgens war sein Bruder gestorben, vier Tage vor seinem achtundzwanzigsten Geburtstag. Leukämie. Er schluckte leer, und dann rollte etwas über seine Wangen, durch die Tarnfarbe, schmale Bahnen, eine langsame Enttarnung: helle Streifen wurden sichtbar.

Sie gingen weiter, am Rhein entlang, blieben manchmal einfach stehen. Sie wischte ihm die Tarnfarbe mit einem Tuch ab.

Damit man dich wieder sieht, Soldat.

Als er gehen mußte, hatte sie ihn geküßt, kurz und heftig.

Sie wisse nicht mehr, warum sie den geküßt habe, einfach so, habe Anna, die Mutter, gesagt, sie sei ja schon versprochen gewesen, einem andern, der damals auch seinen Militärdienst geleistet habe, in einem anderen Teil des Landes.

Sogar einen Ring hatte sie schon getragen. Und heiraten wollte sie auch, gleich nach dem Krieg. Da küßt man keinen anderen, das habe sie schon gewußt, und schon gar nicht einen so zufällig über den Weg gelaufenen Soldaten mit Tarnfarbe im Gesicht, dahinter eine Sehnsucht, abgrundtief, und eine Verlorenheit, wie sie sie noch nie gesehen hatte. Vor so einem müßte man sich hüten, solche Sehnsüchte, das ahnte sie, waren Abgründe. Sie war nicht unglücklich, daß sie ihn eine Zeitlang nicht mehr sah.

Als sie ihn wiedertraf, es muß kurz vor Ende des Krieges gewesen sein, war er schon verheiratet, und auch sie strickte bereits Kinderkleider für die Aussteuer.

Aber sie war ihm gleich um den Hals gefallen. Sie wollte ihn, hatte Anna gebeichtet, mit Haut und Haar, diesen Mann, mit der Tarnfarbe im Gesicht.

Verrückt, habe Anna gesagt, verrückt, ja.

Vera bückte sich, hob einen Stein auf und warf ihn in den Fluß. Sonderbar, fügte sie hinzu, meine Mutter hat einen geliebt, der nicht mein Vater war, aber immer da, als wäre er mein Vater.

Sie schwieg einen Augenblick.

Du sähest ihm sehr ähnlich, hatte Anna behauptet, sie hatte von dir erzählt, mehrmals, zuletzt im vergangenen November.

Wirklich?

Sie ist manchmal zu deinen Vorträgen und Lesungen gegangen und hat deine Artikel gesammelt. Sie wollte dich kennenlernen.

Ich weiß, seltsam ist es trotzdem …

Vielleicht hatte sie gedacht, daß du so etwas wie ein Sohn sein würdest, vielleicht war sie in deinem Gesicht nochmals zu deinem Vater zurückgekehrt.

Ich bin nicht mein Vater.

Aber sein Sohn.

Ist das ein Verbrechen?

Reg dich nicht auf.

Vera versuchte ein Lachen.

Und was ist mit deinem Vater, fragte ich.

Er ist früh gestorben, ich hab ihn kaum gekannt, ich war erst fünf. Meine Mutter hatte den falschen Mann geheiratet, und dein Vater vielleicht die falsche Frau.

Woher willst du das wissen?

Verzeih.

Vera wischte mit der Hand durch die Luft.

Der Kontakt ist zwischen ihnen nie abgebrochen, bis zu diesem Aufbruch –

Zehn Jahre später, absurd.

Was wissen wir schon?

Mein Vater hatte uns verlassen, eine Expedition angeblich, Haute Route oder gar Himalaya, jedenfalls himmelwärts –

Meine Mutter auch –

– und dann diese sinnlose Rückkehr, Monate später –

– acht Monate waren es –

ich hab sie nicht gezählt, Vera, aber es war lang, ein Abschied für immer, der Vater kehrte zwar zurück, aber ohne anzukommen. Er blieb abwesend mitten unter uns.

Veras Finger klammerten sich um meinen Unterarm.

Sie hatten keine Chance, sie mußten zurück –

Veras Stimme klang unruhig.

Ich blickte sie verwundert an.

Verloren haben alle, du, ich, dein Vater, meine Mutter –

Ich schritt rasch voran, Vera folgte mir, faßte mich am Hemd, energisch, versuchte mich zurückzuhalten.

Du kannst jetzt nicht einfach davonlaufen.

Möchte ich aber.

Ich machte eine Pause.

Warum kann man nicht vergessen, loslassen, endlich, was gewesen ist?

Vera verschränkte ihre Hände, starrte auf den Fluß. Träge glitt das Wasser dahin, da und dort Laub, ein Stück Holz, kaum ein Laut, leises Gurgeln manchmal.

Weil etwas bleibt, geblieben ist, ob wir das wahrhaben wollen oder nicht.

Dieses Archiv meinst du?

Nein, das meine ich nicht.

Vera ging in die Hocke, ließ Wasser durch ihre Finger gleiten. Die Haut ihrer nassen Hand wirkte durchlässig, fast durchsichtig, bleich, mit einem rötlichen Schimmer. Für einen Augenblick mußte ich an Kristin denken. Wo war sie?

Warum ist der Vater zurückgekehrt, und deine Mutter auch? Die Rückkehr war unsinnig, eine Absurdität.

Vera blickte kurz auf.

Das ist eine andere Frage, eine ganz andere Frage.

Ich sah sie ratlos an. Ihr Gesicht wirkte jetzt versöhnlich, fast heiter.

8

In den ersten Wochen des neuen Jahres, Ende Februar, Anfang März, der Weihnachtsbaum lag längst ohne Nadeln im Garten, kam der Vater wieder. Wir zwinkerten uns nicht zu, tauschten keine verstohlenen Blicke.

Weder der Kleine noch ich fragten ihn, wo er gewesen war. Vielleicht hatte ihn nicht einmal die Mutter gefragt, jedenfalls nicht in unserer Anwesenheit. Sie blieb, auch den Verwandten gegenüber, bei dieser Bergtour, die sich mit all den Vorbereitungen, den ständigen Verschiebungen wegen schlechten Wetters über Wochen und Monate hingezogen hätte. Hielt sie daran fest, um keine andere Erklärung erfinden zu müssen? Meine Onkel und Tanten fragten nicht nach; sie akzeptierten es stillschweigend, wie alle, auch ich. Nur Michael nicht.

Kein Berg, prustete er, kein Eis.

Der Vater war wieder da, streunte durch das Haus, als suche er etwas, kümmerte sich da und dort um irgend etwas. Die Mutter schöpfte ihm das Essen wie einem Fremden, fragte, ob es schmecke, ob er noch mehr wolle, ob er sonst noch einen Wunsch habe.

Der Vater war nicht bei Nacht über den Kiesweg und den Hof gekommen, sondern tagsüber, als ich in der Schule war. Ich stellte mir vor, wie er eingetroffen war. Hatte er an der Haustür geklingelt, oder war er einfach eingetreten? Hatte er wie ein Kunde den Laden betreten, und hatten sich meine Eltern über den Ladentisch hinweg stumm angeschaut? Stahl der Vater sich dann fort, in den Keller oder in den Garten und fing an zu arbeiten; und rief die Mutter irgendwann durchs Fenster, wir brauchen noch Dörrbohnen aus dem Keller? Der Vater brachte sie, stellte sie auf den Tisch, als hätte er das auch letzte Woche getan.

Ich malte mir die Szene aus: der Vater und die Mutter, die sich gegenüberstehen nach diesen Monaten der Trennung. Wer brach das Schweigen? Oder sagten sie gar nichts zueinander, schauten sich bloß ratlos an? Starrte der Vater ins Leere, an der Mutter vorbei? Und sie wischte mit der Hand über den Tisch, als schöbe sie Brosamen zusammen? Oder weinte sie, nicht aus Freude, sondern aus dem Elend heraus, das sich in den vergangenen Wochen in ihr aufgestaut hatte? Ich fragte mich, ich wußte es nicht.

Zwei- oder dreimal versuchte ich aus der Mutter herauszukriegen, wie der Vater zurückgekommen sei, was er mitgeteilt habe, ob er nun bleiben würde oder bloß vorbeischaue.

Kein Wort kam über ihre Lippen. Als ich die Frage wiederholte, sagte sie nur, er ist wieder da.

Der Vater war wieder da.

Aber mir war das zuwenig. Einer kann heimkommen, aber nicht ankommen, sagte Tante Julie. Diesen Satz schrieb ich auf, ich wollte ihn behalten.

Ich hätte damals nicht sagen können, wie lange der Vater weg gewesen war, ein paar Monate oder länger oder auch weniger lang. Aber doch so lange, daß wir nicht mehr mit ihm rechneten und uns nicht freuten, als er wieder da war. Da war keine Freude. Nicht einmal Michael, der doch so leicht vor Freude kreischte und in die Hände klatschte und seine Worte hinausschrie, manchmal nicht aufhören konnte, laut zu jauchzen.

Wieder da, wieder da, lallte er jedesmal, wenn er am Wochenende aus dem Heim kam und in die Küche stürmte. Wieder da, wieder da, rief er unablässig, und jeder mußte es ihm bestätigen: Michael ist wieder da.

Wieder da, wieder da, schrie er auch, wenn ich aus dem Haus gewesen und zurückgekehrt war. Seine Begrüßung war stürmisch, er rannte mich fast um, schlang die Arme um mich. »Wieder da«, hallte es durch den Korridor und durchs Treppenhaus. Er begrüßte alle auf diese Weise, selbst wenn Tante Julie zu Besuch kam, empfing er sie mit seinem »Wieder da«, als gehörte sie ins Haus und sei endlich, nach langer Zeit, zurückgekehrt.

Als der Vater grüßte, blieb Michael stumm. Zweimal sagte der Vater: Ich bin wieder da.

Er ging auf den Kleinen zu. Doch der reagierte nicht auf den Satz, er blieb stumm, wandte sich ab. Der Vater schien einen Moment tief erschrocken und wie erstarrt. Er brachte kein Wort mehr heraus und wich langsam zurück; rückwärts schreitend verließ er das Zimmer und verschwand in den Keller.

Michi, was hast du bloß, fragte ich, er ist doch wieder da.

Der Kleine schüttelte nur den Kopf, ließ die Arme baumeln, wie er es immer tat, wenn er nicht mehr sprechen wollte.

Stumm blieb er auf seinem Stuhl.

Nicht da, nuschelte Michi, auch am nächsten Tag, als der Vater Sauerkraut aus dem Keller brachte.

Nicht da.

Der Vater entgegnete nichts, stellte das Glas mit dem Kraut auf den Tisch und verschwand wieder. Michael und ich blieben mit Mutter zurück, aber wir sprachen auch nicht miteinander.

Es dauerte Wochen, bis der Vater eine Anstellung fand, aber die ganze Zeit tat er so, als ob er arbeite. Im Keller hatte er seine Werkstatt neu eingerichtet. Kurz nach dem Essen, für das er sich jeweils wie ein Gast bedankte, verschwand er in seinen Keller. Und wie einem Gast gab ihm die Mutter die Zeit fürs nächste Essen an. Wir essen dann um sechs zu Abend, verkündete sie.

Wir aßen zwar seit Jahren zur gleichen Zeit, aber seit der Vater fort gewesen war, gab die Mutter die Essenszeit im voraus bekannt. Manchmal teilte sie dem Vater allenfalls mit, was er zu tun hatte.

»Du kannst mir dann noch zwölf Kartoffeln schälen, nicht zu große.«

»Im Keller sollte es noch Apfelkompott geben, bring mir ein Glas herauf.«

Der Vater nickte stumm; manchmal fragte er nach, um nichts falsch zu machen.

Es berührte mich eigenartig, daß der Vater im selben Zimmer schlief wie die Mutter; er erschien mir jetzt wie einer, der da nichts zu suchen hatte. Gelegentlich begegneten wir uns am Morgen, wenn er aus diesem Zimmer kam; er sah dann rasch an mir vorbei, verschwand im Bad oder in der Küche. Auf mich wirkte er wie ein Ertappter, einer, der nicht gesehen werden wollte. Vor der Abreise des Vaters hatte ich mich nie daran gestört, daß er und die Mutter im selben Zimmer schliefen. Das war immer so gewesen, das war selbstverständlich. Und wenn ich etwas brauchte, klopfte ich, ganz gleich, ob die Eltern noch Licht hatten oder schon zu schlafen schienen. Aber jetzt berührte es mich peinlich, ihn in das Zimmer meiner Mutter hineingehen oder dort herauskommen zu sehen. Und nie mehr hätte ich es gewagt, das Zimmer zu betreten, und der Kleine auch nicht. Wir blieben draußen. Ich klopfte nie mehr.

Michael klopfte noch, wenn er etwas wollte, dann kam die Mutter gleich heraus und fragte, was los sei. Früher war hin und wieder auch der Vater herausgekommen, wenn wir geklopft oder gerufen hatten. Jetzt kam der Vater nie heraus. Man hörte auch nichts von ihm, überhaupt war aus dem Zimmer nichts zu hören.

Früher waren sie manchmal laut gewesen. Wenn wir jetzt »früher« sagten, meinten wir die Zeit vor der Abwesenheit des Vaters. Das »Früher« kam uns wie eine andere Zeit vor, auch weil wir das Gefühl hatten, damals sei alles anders gewesen. Oder weil wir ahnten, daß es niemals wieder so sein würde wie damals. Vielleicht hätten wir nicht einmal sagen können, was nun so anders war. Eigentlich hatte sich wenig geändert; die Mutter hatte alles so gelassen, wie es war, die Einrichtung der Zimmer, aber auch Alltagsgewohnheiten, etwa daß wir beim Essen das Radio anstellten. Selbst die Nachrichten hörten wir uns schweigend an, während der Vater fort war, obwohl früher eigentlich nur der Vater auf die Ausführungen des Sprechers gelauscht hatte. Er war der einzige, der die Nachrichten kommentieren durfte. Meist tat er seinen Unwillen kund. Er schimpfte über die Kommunisten, über die Sowjetunion und den Eisernen Vorhang, aber auch über die eigene Regierung. Wenn diese beschloß, die Preise müßten nicht mehr angeschrieben werden, hatte er das Gefühl, man wolle ihn persönlich übers Ohr hauen.

Kaum je nahm der Vater eine Nachricht mit Zustimmung oder gar mit Freude zur Kenntnis. Mir wurde früh klar, daß es nur unerfreuliche Nachrichten gab. Einmal, daran erinnere ich mich, freute den Vater eine Meldung: die von Stalins Tod. Die schien ihm eine persönliche Genugtuung zu sein. Das war vor seinem Weggehen. Als Radio Beromünster nach dieser Meldung den Schlager »Es wird alles wieder gut« spielte, nickte der Vater zustimmend, obwohl er Schlager nicht besonders mochte. Die Hitparade hörte sich die Mutter nur an, wenn der Vater nicht da war. Mitsummend träumte nicht nur ganz Paris, sondern auch die Mutter von der Liebe.

Nach seiner Rückkehr kommentierte der Vater die Nachrichten nur noch selten, er nickte, wenn eine Meldung seine Zustimmung fand, oder schüttelte den Kopf, wenn ihn etwas ärgerte. Meistens schüttelte er den Kopf.

Als der Vater dann krank wurde, das war ein oder zwei Jahre nach seiner Rückkehr, nahm er kaum mehr zur Kenntnis, was vorging in der Welt. Das stimmte ihn aber auch nicht fröhlich. Er fluchte nicht mehr über die Kommunisten, sondern über die Ärzte und Krankenkassen, über die Apotheker und das ganze Gesundheitswesen. Selbst die Regenwürmer blieben von seinem Fluchen nicht verschont. Zum Glück hatten wir keine Mäuse im Haus, sonst hätte der Vater auch über die Mäuse geflucht. Manchmal schimpfte er über das Wetter, über die Misthaufen der Nachbarn und über das Blau des Himmels. Immer öfter ging dann das Fluchen in ein Husten über. Irgendwann fluchte er nicht mehr, sondern hustete nur noch, und so heftig, daß wir glaubten, er ersticke.

Dann mußten wir einen der Ärzte rufen, über die er eben noch geflucht hatte.

Scheinbar war nach der Rückkehr des Vaters alles beim alten geblieben. Wenn jemand zu Besuch kam, etwa Tante Julie oder Onkel Franz, sprachen sie mit dem Vater und mit der Mutter, wie sie immer mit ihnen gesprochen hatten. Und wenn die Besucher dann gegangen waren, fluchte der Vater über sie, wie er es früher schon getan hatte, wenn Besuch dagewesen war, besonders aus der Verwandtschaft der Mutter. Aber auch von seinen eigenen Brüdern hielt der Vater nicht viel; er war überzeugt, daß sie nichts taugten und schuld daran waren, daß er den Hof hatte aufgeben müssen.

Für mich war der Vater nun ein Gast, ein Zimmerherr, wie man damals sagte. Die Widmers, unsere Nachbarn, hatten immer einen Zimmerherrn, der für Kost und Logis bezahlte. Andere Familien hatten ebenfalls einen Zimmerherrn. Die meisten Zimmerherren arbeiteten in der Schuhfabrik. Nach seiner Rückkehr war der Vater ein Zimmerherr geworden, den wir hinnahmen, an dessen Anwesenheit wir uns gewöhnten, dem wir aber nicht nachgetrauert hätten, wenn er wieder abgereist wäre. Aber darüber sprach ich weder mit der Mutter noch mit Michael. Vielleicht unterhielten wir uns nie darüber, weil der Vater geschont werden mußte: ein kranker Gast, auf den wir Rücksicht nahmen.

Vater war schon früher oft krank gewesen, vor allem

in jener Zeit, bevor wir den Hof verlassen und umziehen mußten. Der Vater hatte unbedingt auf dem Hof bleiben wollen. Aber nach dem Umzug erholte er sich. Ich war damals noch keine zehn und wäre auch lieber auf dem Bauernhof geblieben. Nun lebten wir im Dorf, die Mutter führte den Laden.

Vor seiner Abreise zur Expedition war der Vater gesund gewesen und seltsam heiter, so heiter wie sonst kaum. Bei der Rückkehr hatte er still gewirkt, verkniffen oder zerknittert, zerknirscht, aber noch nicht krank.

Der Vater erteilte mir kaum mehr Befehle, er forderte mich nicht mehr zu einer Arbeit auf, zwang mich nicht mehr, wie früher, meinen Teller leer zu essen. Er jagte mich nie mehr vom Tisch und aus dem Haus, weil ich eine unpassende Bemerkung gemacht oder ihm dreingeredet hatte.

Nur einmal wurde er wütend, als Edgar kam, um mich abzuholen und dabei diesen Toten erwähnte, um den es im Dorf Gerüchte gegeben hatte.

Ich bemerkte, wie der Vater verärgert aufblickte. Einen Moment lang sahen wir uns in die Augen, und da war etwas in seinen Augen, das ich zuvor nicht wahrgenommen hatte, Verzweiflung oder Angst. Ich konnte es nicht genau sagen, aber ich erschrak. Der Vater kam mir so ausgeliefert vor, wehrlos, wie ein Käfer, der darauf wartet, zertreten zu werden.

Edgar und ich verließen das Haus. Wir hörten noch, wie er zu husten anfing.

Seltsam, dein Vater, sagte Edgar.

Ich nickte.

Gelegentlich arbeitete der Vater noch im Garten. Mutter forderte mich dann auf, ihm zu helfen. Widerwillig ging ich hinaus, tändelte herum, beobachtete den Vater, näherte mich langsam, unschlüssig. Doch nur wenn ich fragte, ob ich dies oder jenes tun sollte, jäten etwa oder Holz bündeln, nickte er zustimmend.

Als wir noch auf dem Hof lebten, hatte der Vater bei der Arbeit hin und wieder gesprochen, auf die kommende Heuernte hingewiesen, auf den bevorstehenden Schlachttag. Er hatte von einer Bergtour erzählt, die er unternommen hatte, und auch vom Militärdienst, einmal auch vom General, der ihm, dem einfachen Gefreiten, bei einer Inspektion die Hand gedrückt und ein paar ermunternde Worte gesagt hatte. Damals war ich stolz, einen Vater zu haben, dem der General die Hand gedrückt hatte.

Jetzt arbeiteten Vater und ich schweigend.

Der Vater durchstreifte nie mehr mit mir die Felder; er nahm mich nie mehr mit zum Pilzesuchen in den Wald. Der Vater war ein anderer. Ich war auch ein anderer, für den Vater und für die Mutter. Für den Vater war ich einer, der gelegentlich mit ihm arbeitete; für die Mutter war ich einer, der zuhörte, weil der eigene Mann nicht mehr zuhörte oder weil sie ihn als Zuhörer nicht mehr wollte.

Manchmal hörte ich zu, was sie erzählte, meistens war es etwas, was mit dem Laden zu tun hatte, mit einer Kundin, die sich beklagt, oder einem Fabrikarbeiter, der eine freche Bemerkung gemacht hatte. Vom Vater erzählte sie nichts. Meist ging ich früh auf mein Zimmer, las in einem Buch, im *Robinson*, in den

Schwarzen Brüdern; oder ich schrieb ein paar Sätze in mein Heft.

Ich war gern allein auf dem Zimmer.

Michael war im Heim. Die Mutter war im Laden oder in der Küche, der Vater im Keller oder im Garten.

Nur zum Essen saßen wir zusammen, dann verkroch sich wieder jeder in seine Ecke. Als wären wir unsere eigenen Haustiere. Aber was hätten wir schon gemeinsam unternehmen sollen?

Das war früher gewesen, vor dem Weggehen des Vaters, daß wir etwas unternommen hatten. Auch als später noch meine Schwestern zur Welt kamen, Johanna und Elisabeth, waren wir nie mehr eine Familie, weil ein Gast kein Vater war, sondern bloß ein Zimmerherr, auch wenn er Tisch und Bett mit der Mutter teilte. Auch andere Zimmerherren, so sagte es Edgar, teilten Tisch und Bett mit der Frau, die im Haus war, mit der Mutter oder der Tochter oder gleich mit beiden.

9

Ich hörte Vera in der Küche hantieren. Mein Unbehagen wuchs, je länger ich dieses Liebesarchiv betrachtete, das Vera arrangiert, für mich inszeniert hatte.

Vera stellte zwei Gläser und eine Flasche Wein auf den Tisch.

Ich möchte gehen.

Vera blieb ungerührt und öffnete die Flasche.

Er hat euch tatsächlich besucht?

Du glaubst mir nicht?

Dir schon. Aber nicht den Erinnerungen, dem Gedächtnis schon gar nicht, nichts als Lücken, Splitter, Fragmente.

Ich machte eine Pause und setzte neu an.

Und die Lücken füllen wir mit unsern Wünschen und Sehnsüchten, wir erfinden uns eine Geschichte, die unserem Dasein Sinn gibt.

Du willst bloß nicht sehen, was gewesen ist.

Ich zuckte zusammen.

Es muß vor einem Jahr gewesen sein –

ein sonniger Dezembertag, der die Farben vertiefte, ich war in der Stadt unterwegs, schlenderte am Fluß entlang, Richtung See. Ich blieb stehen, griff nach meiner Brust. Ein Stechen. Stocken. Und das Bild des Vaters, sein Gesicht, tauchte aus seinen Bettlaken und Decken auf, blickte mich an, dieses von Cortison und Medikamenten aufgedunsene Gesicht, das jetzt, in der Erinnerung, mit Schleiern von Müdigkeit bedeckt schien, blaß, glanzlos die Augen, die Lider gerötet, die Züge wie von einem Krampf verzerrt; dünner Schaum fleckte seinen Mund.

Ich war einen Augenblick wie gelähmt, eilte fluchtartig davon, verwundert darüber, meinem Vater begegnet zu sein. Ich hatte versucht, ihn zu vergessen. Sein Tod hatte mich, nach seiner jahrelangen Krankheit und den unzähligen Sterbesszenen, wenig berührt. Die unerwartete Empfindung beunruhigte mich.

Meldete sich nach Jahren ein Vater nochmals zurück? Melden sich alle Toten eines Tages zurück?

Vera sah mich verwundert an.

So entstehen doch Bücher.

Schon, stotterte ich, aber auch Alpträume.

Du bist sonderbar.

Sie ergriff das Briefbündel und schob es mir zu.

Das sind keine Erfindungen, du kannst sie lesen, du kannst sie nicht leugnen.

Wer sagt, daß das, was da aufgeschrieben wurde, keine Erfindung ist, keine Einbildung? Keine Liebe ist so schön wie eine erfundene.

Schenk dir ein, der Wein ist gut.

Veras Stimme verriet Gelassenheit.

Ich löste die Schleife des Bündels. Die Adresse war mit blauer Tinte auf den Umschlag geschrieben. Es war Vaters Schrift. Kein Absender auf der Rückseite, aber manchmal eine kleine Skizze, wie eine Kinderzeichnung, man konnte Vögel, einen Baum, einen Straßenzug erraten, eine Blume, zwei Gesichter, einander zugeneigt.

Mein Vater als *peintre naïf*?

Ich hatte ihn nie zeichnen sehen, außer einer Gebrauchsskizze für die Einrichtung des Kellerraums, eines Zimmers oder für die Einteilung der Gartenbeete.

Manche Briefe schienen umfangreich, umfaßten mehrere Seiten. Ich folgte den Schriftzügen, ich las nicht.

Zu Hause hatte Vater selten geschrieben, Briefe und Karten schon gar nicht, sogar das Ausfüllen der Einzahlungsscheine hatte er der Mutter überlassen. Er berief sich dabei gerne auf seine bäuerliche Herkunft, die ihn früh auf praktische Arbeit eingeschränkt habe. Hätte ich nicht hin und wieder einen Zettel von ihm gesehen, ich hätte bezweifelt, daß er überhaupt schreiben konnte. Seine Schriftzüge verrieten Anstrengung. Edgar behauptete, sein Vater könne nicht schreiben. Als Beweis präsentierte er einmal ein Entschuldigungsschreiben mit drei Kreuzen anstelle der Unterschrift. Auch von seinen Bergtouren hatte Vater kaum je eine Karte geschrieben. Und zu Hause wandte er sich immer an die Mutter: Schreib du.

Aber diese Briefe, datiert bis fast zu seinem Tod?

Vera stand jetzt dicht vor mir, das Haar fiel ihr ins Gesicht. Ich bemerkte ihre blassen Lippen, die schmalen Brauen.

Er hat wirklich geschrieben?

Bis zum Jahr seines Todes. Schau dir das Datum seines letzten Briefes an.

August 1987, kein Zweifel, bald elf Jahre war das her.

Ich schluckte leer, trat ans Fenster.

Und was ist mit den Briefen deiner Mutter?

Es gibt keine. Wohin hätte sie schreiben können, ohne daß die Briefe in die falschen Hände geraten wären? Und nirgends ein Postillon d'amour.

Kein Briefwechsel, keine Liebe, keine Vergangenheit.

Ich sprach das langsam aus, ein Stakkato verhaltenen Triumphierens.

Wäre dir das lieber?

Die Gegenwart, Vera, ist mühsam genug, oder? Das Vergangene ist eine Illusion, eine Fata Morgana unserer unerfüllten Sehnsüchte.

Ach, du mit deinen Lebensweisheiten, deinen Ratgeberlektionen, du gefällst dir in Worten, liebst Vorträge, in Riga und anderswo, aber wenn es um dich –

Verärgert wandte Vera sich ab.

Ich ergriff die Schachtel und öffnete sie.

Langsam klaubte ich die Fotos heraus. Es waren Bilder, die ich nie zuvor gesehen hatte. Ein schlaksiger junger Mann, gleich auf dem ersten Bild, übermütig, die Hände in den Taschen, der Blick aus dunklen Augen herausfordernd, keck. Dann der Soldat, immer wieder, elegant noch in der feldgrauen Uniform, sinnliche Lippen in einem schönen Gesicht. Soldat im Kurierdienst. Soldat an der Seite einer Serviertochter. Soldat beim Schießen. Soldat in den Armen einer üppigen Dorfschönheit –

Also doch –

Vera lachte.

Ich errötete.

Wenn ich schon mal da bin –

Ich bin gleich soweit.

Vera brachte Brot und Käse.

Da war dieses Bild mit der Frau, das ich zu Hause ein- oder zweimal gesehen hatte.

Er schien glücklich, er schien tatsächlich glücklich, er strahlte, als würde etwas in ihm tanzen.

Hatte ich den Vater je, ein einziges Mal, glücklich und ausgelassen gesehen? Wenigstens zufrieden?

Vera bat zu Tisch.

Das Archiv interessiert dich also doch?

Ich hab nur die Fotos angeschaut.

Da sind auch die Briefe, die Liebeszeichen, die Tagebücher meiner Mutter und meine Erinnerungen, du siehst, dein Vater ist keine Erfindung von uns.

Mein Vater ist seit Jahren tot.

Wir schwiegen lange. Warum stand ich nicht auf, trollte mich davon und ließ diese Vaterrelikte, diese Vaterreliquien auf Veras Hausaltar zurück? Ich verpaßte den Augenblick; sie begann zu erzählen.

Er hatte sie und ihre Mutter besucht. Sie war noch klein, als er bei ihnen, damals noch als fremder Onkel, vorbeikam, vielleicht fünf oder sechs, sie ging noch nicht zur Schule, sie wohnten damals noch nicht hier am Rhein, sondern im Luzernischen. Sie kannte ihn nicht, aber gespielt hatte er mit ihr an diesem Tag, stundenlang, übermütig, ein lustiger Mann sei das gewesen, dieser fremde Onkel. Ob er wiederkomme, hatte sie ihn damals gefragt und, ob er jetzt ihr Vater sei. Da sei er still geworden, habe zur Decke geschaut und dann zu ihrer Mutter.

Ein wenig schon, habe die gemeint, vielleicht komme er bald wieder.

Eine schöne Geschichte, spottete ich, *ben trovato.*

Du glaubst mir nicht?

Vera ließ das Besteck fallen.

Wir aßen beide nicht mehr.

Mein Vater als lustiger Kinderfreund, als witziger Onkel, wenn mir da nicht alle Bissen im Halse steckenbleiben sollten, ausgerechnet dieser Vater. Verzeih, Vera, aber mir schmeckt das nicht.

Vera ließ sich nicht beirren.

Er hat uns dann am Rhein besucht, als ich schon längst zur Schule ging, nicht oft natürlich. Aber ich wußte nun, wer er war, kein fremder Onkel, ein Freund, der Mann meiner Mutter.

Veras Stimme hatte einen trotzigen Unterton; sie sprach schnell, als fürchte sie, unterbrochen zu werden.

Er war gekommen, am Morgen oder am frühen Nachmittag, für ein paar Stunden, ein heiterer Mann, der auch scherzen konnte.

Sie hatten gespielt und viel gelacht, manchmal auch geredet. Ihre Mutter und sein Vater hatten sich geküßt, umarmt, ein Liebespaar, wie sie sonst keines im Dorf gesehen hatte.

Ist das jetzt dein Mann, hatte sie die Mutter gefragt.

Er war es immer, hatte diese geantwortet und ihn in den Arm genommen, zärtlich.

Er würde nie bei ihnen wohnen, das hatte sie auch festgehalten, das gehe nicht nach all dem, was geschehen sei. Da waren beide still geworden, ihre Mutter und sein Vater. Die Mutter hatte geweint, geschluchzt. Er hatte bloß verlegen daneben gestanden.

Er würde nicht hier wohnen, aber er würde wieder zu Besuch kommen.

Jedesmal hatte er ihr ein Geschenk mitgebracht.

Mein erster Schmuck stammt von deinem Vater.

Wir freuten uns, wenn er kam.

Wir haben ihn gemocht, Mutter und ich. Jede für sich.

Veras Stimme hatte jetzt das Auftrumpfende verloren und klang wieder ruhig und beiläufig, gelassen, kindlich, so als wäre sie wieder das Mädchen, das damals an der Hand eines Vaters gegangen war, meines Vaters Hand, das sich die Namen der Bäume und Sträucher hatte erklären lassen, der Vögel, der Fische, der tausend Wasserpflanzen. So hatte dieser Vater sie auch mir erklärt, als ich klein gewesen war.

Sie hatten Ausflüge gemacht, am Rhein entlang und auf dem Rhein, Schiffahrten, einmal bis nach Basel, in einem Hausboot, das er für sie gemietet hatte, für sie allein. Er hatte sogar eine Kapitänsmütze getragen.

Und mit der Harpune den weißen Wal gejagt?

Mein Spott klang boshaft.

Du glaubst mir nicht?

Übertreib nicht zu sehr, Schwesterlein.

Das bin ich nicht.

Ihre Stimme war voller Trotz.

Warum solltest du nicht meine Schwester sein, vieles ist ungewiß, und alles ist offen; mein Vater ist vielleicht nicht mein Vater, sondern ein Flüchtling aus dem Baltikum, der Simon hieß, den meine Mutter geliebt und verloren hat. Sie bekam ein Kind und heiratete meinen Vater. Und deine Mutter hat einen Mann geheiratet, der vielleicht auch nicht dein Vater ist; vielleicht ist mein Vater dein Vater. Vielleicht. Was glaubte denn deine Mutter?

Vera verzog das Gesicht.

Möglich wäre alles, hatte sie einmal geäußert.

Das sagt man immer, wenn man die Wahrheit verbergen will.

Oder wenn man sie nicht kennt.

Was soll das alles, Vera, wir werden nie erfahren, was wirklich war. Auch dein Liebesarchiv hilft da nicht weiter, es sind Überreste, die bleiben und bloß weh tun.

Vera ließ sich nicht entmutigen.

Mir schmeckt das wirklich nicht, raunzte ich.

Aber du bist gekommen.

Ja, schon –

Ich brach ab, wir schwiegen beide.

Wo in meinem Leben war ein Vater wie dieser hier, der Spuren im Leben einer Frau hinterlassen hatte?

Ich biß die Zähne zusammen.

Dein Vater war mir wirklich wie ein Vater.

Veras Satz schlug in die Stille.

Für uns war er zuerst ein Bauer, dann ein Abtrünniger, der uns im Stich ließ, dann ein Rückkehrer ohne Ankunft, der fremd war, ein Gast, ein Kranker und schließlich ein Sterbender, ein Toter, aber gewiß kein Vater oder ein toter Vater.

Du haßt ihn?

Wir hatten vergeblich auf ihn gewartet, damals. Wir hatten auf einen Vater gewartet, aber der, der kam, war ein anderer, ein Gescheiterter.

Von der Krankheit hatte Vera lange nichts gewußt. Sie hatte ihn nicht oft gesehen, fast immer war er ihr heiter erschienen; erst bei einem seiner letzten Besuche hatte er unvermittelt zu husten angefangen und nicht mehr aufhören können, bis er fast erstickt war. Da war sie schon sechzehn oder siebzehn gewesen. Sie hatte ihn dann viele Jahre nicht mehr gesehen, und später nur noch ein- oder zweimal.

Vera ging um den Tisch herum, blieb hinter mir stehen, legte mir die Hände auf die Schultern.

Er bleibt dein Vater, vergiß das nicht. Vielleicht hat er uns beide geliebt.

Warum ist er nicht einfach zu dir und deiner Mutter gezogen, in euer Liebesparadies am Fluß? Das wäre vielleicht auch für Michael, mich und meine Mutter am besten gewesen. Wir wären diesen hustenden Gast losgeworden.

Vera antwortete nicht gleich.

Meine Mutter hat manchmal, als ich schon älter war, von Schuld gesprochen, sogar von Verhängnis.

Ich lachte auf.

Eine kaputte Ehe ist doch kein Verhängnis, nicht alle Ehebrecher brechen sich das Genick, und gesteinigt werden sie auch nicht, wenigstens hierzulande nicht.

Mein Lachen prallte an Veras Miene ab.

Du vergißt meinen Vater, fügte sie zögerlich an.

Eine Weile blieben wir im Dunkeln. Ich hatte den richtigen Augenblick zum Aufbruch endgültig verpaßt. Die ersten Gläser, die wir getrunken hatten, hatte ich noch gezählt.

Wir saßen und tranken.

Der Geruch des Flusses drang durchs halboffene Fenster, ein Geruch nach Erde, nach feuchtem Holz, nach Moos. Nach Zimt und Zedern?

Vera stand auf.

Das Gästezimmer ist oben, die erste Tür rechts, das Bad ist gleich daneben. Dein Vater hat da auch schon geschlafen.

Vielleicht hat er einen Pyjama für mich dagelassen, ereiferte ich mich.

Das nicht, entgegnete Vera ruhig.

Ich blieb stehen. Vor mir drehte sich ein Karussell, nicht eines mit hölzernen Pferden und Kutschen, sondern eines mit unzähligen Vaterbildern. Keines wie das andere. Das Karussell drehte sich rascher, ich drehte mich mit. Ich warf die Hände in die Luft, stampfte leicht mit den Füßen – vergeblich. Rasch löschte ich das Licht, schlüpfte unter die Decke, schloß die Augen.

Dann dieser Lufthauch, Schritte. Sie hob die Decke und schmiegte sich an mich. Ihre Hände umfaßten meine Schultern, gruben sich in meinen Rücken. Ich wehrte mich, ich zappelte, dann schlang ich meine Arme heftig um sie, preßte mich an sie; mit der gleichen Heftigkeit drang ich in sie ein, mit wütenden Bewegungen, rücksichtslos. Vera gab die Wut zurück, ihre Nägel striemten meinen Rücken, sie biß sich in meinem Oberarm fest. Zwei Aufgebrachte verloren sich ineinander, im Schmerz. Wortlos.

Eine Weile lagen wir noch nebeneinander, schweigend. Dann stand Vera auf und ging aus dem Zimmer, so nackt wie ich noch nie eine Frau aus einem Zimmer hatte gehen sehen.

Der Duft von frischem Kaffee weckte mich auf. Ich wollte aufspringen, bemerkte den fremden Geruch, aus dem eine schattenhafte Erinnerung kroch.

Ich zögerte, schaute auf, in den Vorhängen hing ein trübes Morgenlicht, fahl und schmutzig, aus dem mir ein Tag entgegentaumelte. Ich duschte, ging nach unten.

Frühstück?

Vera stand im Morgenmantel am Herd.

Du kriegst kalte Füße.

Ich deutete auf den Fliesenboden.

Nicht so schnell. Also Frühstück?

Nur einen Kaffee, ich fahre gleich.

Wie du willst.

Ich war froh, daß sie keine Anspielung auf die vergangene Nacht machte, auch nicht auf das Gespräch.

Über dem Fluß lag ein unbestimmtes Grau, kaum Wellen, kaum Geräusche, die Luft dunstig, feucht.

Ich trank schweigend, in kleinen Schlucken. Vera setzte sich auf den Barhocker, schob ihren Unterarm nah an meine Seite. Ich nahm ihren Duft wahr.

Willst du etwas mitnehmen, das Tagebuch vielleicht oder die Briefe?

Lieber nicht.

Vera berührte flüchtig meinen Arm.

Vielleicht überlegst du es dir, und wir fahren an den Zufluchtsort deines Vaters und meiner Mutter –

Das Liebesnest, meinst du –

Da, wo dein Vater war, als du ihn vermißtest und er meine Mutter liebte, bis mein Vater –

Sie stockte; ich schaute verwundert auf, setzte zum Fragen an. Vera kam mir mit ihrem Kopfschütteln zuvor.

Fahr jetzt, du hast es eilig.

Ich ging ohne Gruß.

10

Ich fuhr in den grauen Morgen hinein, Regenwolken türmten sich, zogen in eiligem Lauf vorüber. Auf einem Rastplatz hielt ich an, rief aus einer Telefonzelle meine Schwester Johanna an und erkundigte mich nach dem Zustand der Mutter.

Sie spreche noch immer nicht, sitze meist reglos im Rollstuhl, nah am Fenster. Sie glaube, erklärte Johanna, sie blicke gar nicht hinaus, nicht auf die Straße, nicht auf den Garten. Sie blicke nirgends hin. Aber sie atme, hebe manchmal die Hand, ein Zittern gehe durch ihren Körper.

Johanna atmete schwer.

Wir wissen nicht, was sie hört und sieht, klagte Johanna, und niemand weiß, ob sie wieder sprechen wird, alles ist möglich.

Eine Hoffnung, habe der Arzt gemeint, eine Hoffnung bleibe immer.

Ich teilte Johanna mit, daß ich für einen Vortrag nach Vilnius fliegen müsse, einen Abstecher an die Memel machen wolle und danach meine Sprachkurse in den Bergen erteilen würde. Aber ich würde im Oktober und November dasein, um ihnen bei der Krankenpflege behilflich zu sein.

Elisabeth und ich schaffen das schon, du kannst dich auf uns verlassen, glaub mir. Und grüß mir Litauen, die Kurische Nehrung und all die Nordlichter.

Johanna meinte es ernst.

Ich war erleichtert, keine Vorwürfe zu hören. Elisabeth und Johanna hätten Grund gehabt, sich zu beschweren, weil mein Anteil an der Pflege der Mutter bescheiden blieb.

Die Mutter konnte auf meine Schwestern zählen. Sie hatten nie einen Vater gekannt, nur einen Kranken, den die Mutter gepflegt hatte, bis zuletzt. Und deshalb pochte sie wie selbstverständlich darauf, nun selbst gepflegt zu werden.

Johanna und Elisabeth, meine Schwestern, Zwillinge und Spätlinge, kamen zur Welt, als ich schon nicht mehr zu Hause wohnte, drei Jahre nach der Rückkehr des Vaters. Ihre Existenz war Zeugnis davon, daß der Vater sich doch nicht nur als stummer Gast im Schlafzimmer der Mutter aufhielt. Mich hatte es sehr erstaunt, als die Mutter mir mitgeteilt hatte, daß sie wieder guter Hoffnung sei. Vielleicht stimmte für die Mutter dieser veraltete Ausdruck: Für sie war diese späte Geburt eine Art Geschenk, so nannte sie es einmal. Sie hatte Kinder im Haus, mit denen sie sprechen konnte, nachdem ich weggezogen und Michael endgültig ins Heim gegangen war, und später jemand, der ihr zur Hand ging, gerade auch, was die Pflege des kränker werdenden Vaters betraf.

In den ersten Wochen nach seiner Rückkehr versuchte er manchmal, etwas zu einem Gespräch beizutragen, erwähnte ein Grubenunglück im Ruhrgebiet oder einen Toten an der Berliner Mauer, Meldungen, die er im Radio gehört hatte. Die Mutter aß meist stumm weiter.

Der Vater büßt lebenslänglich, hatte ich zunächst gedacht, wenn ich sah, wie er Gemüse aus dem Garten in die Küche brachte und von der Mutter keines Blickes gewürdigt wurde. Frischer Kohl, sagte er vielleicht noch und stand eine Weile zögernd da.

Leg ihn auf den Spültisch, befahl die Mutter und rührte wieder im Topf.

Mein Vater ist ein Sträfling, dachte ich, einer, der keine Rechte mehr hat, weil er desertiert ist.

Er hat uns im Stich gelassen, empörte sich die Mutter. Daß er wieder da war und ihr manche Arbeit abnahm, half ihm wenig.

Vielleicht würde die Mutter eines Tages ihre strafende Haltung aufgeben, hoffte ich, und den Vater wieder mitreden lassen, vielleicht würden wir wieder einmal zusammen durch die Felder streifen, der Moräne zu, von der aus man das ganze Tal überblicken konnte. Über der Moräne mit ihrem verwilderten Grün, den Brombeerhecken, den Johannisstauden, kreisten die großen Vögel, der Milan, die Kolkraben.

Mit einem Sträfling ging man nicht mehr durchs Tal. Der saß jetzt in seinem Stuhl oder aufrecht im Bett.

Der Vater ist ein stummer Fisch, stotterte Michael. Manchmal, wenn der Vater in seinem Stuhl saß und vor sich hinschwieg, schüttelte Michael ihn, patschte mit seinen Händen auf ihn ein, versuchte, ihn vom Stuhl hochzuziehen. Der Vater blieb geduldig, wischte dem Kleinen den Geiferfaden weg und streichelte ihm über das Haar.

Der Vater ist krank.

Der Satz der Mutter klang wie eine Drohung.

Sie sprach zum Vater, wie sie früher zu uns gesprochen hatte.

Iß, forderte sie ihn auf, wenn sie ihm geschöpft hatte.

Und schmatz nicht so.

Mit plötzlicher Heftigkeit prasselte der Regen nieder, ich verlangsamte das Tempo. Ich zögerte einen Augenblick, ob ich Mutter vor der Abreise nicht doch noch besuchen sollte. Wenigstens vorbeischauen, sie begrüßen, ein wenig neben ihr am Fenster sitzen. Vielleicht würde sie zu sprechen anfangen, ich könnte sie fragen –

Ich verwarf den Gedanken. Ich nahm die Ausfahrt zur Raststätte und trank einen Kaffee.

Warum hatte der Vater bei uns ausgeharrt?

Er hatte nie darüber gesprochen, auch in den langen Jahren seiner Krankheit nicht. Er war geblieben, bis er gestorben war. Zu lange: für ihn, für uns alle. Niemand hatte ihn darum gebeten, zu bleiben, ich nicht, Michael nicht, und Johanna und Elisabeth schon gar nicht. Die waren damals klein und ahnungslos.

Warum war er geblieben?

Ich bedauerte plötzlich, daß ich weder das Tagebuch noch eines der Briefbündel mitgenommen hatte. Als ich wieder im Auto saß, überlegte ich, ob ich nochmals zu Vera fahren und etwas aus dem seltsamen Liebesarchiv holen sollte. Ich konnte mich nicht dazu entschließen und fuhr weiter. Immer wieder war der Vater weggegangen, daran erinnerte ich mich. Aber er war nie länger als einen Tag weggeblieben. Ich wäre nie auf die Idee gekommen, er könnte jemanden besuchen. Wen denn auch? Der Vater kannte niemanden, den er besuchen konnte. Auch meine Mutter schien sich nicht daran zu stören, daß er manchmal das Haus verließ; sie fragte ihn nie, wohin er ging. Entweder war es ihr gleichgültig, oder sie war sicher, daß er wiederkäme, am frühen Abend oder am nächsten Morgen, als ahnte sie, daß er keine Chance hatte, irgendwo unterzukommen, wie das Tier zum Futternapf zurückkehrt.

Warum kam er wieder?

Er mußte doch wissen, daß sich niemand über seine Rückkehr freuen, daß ihn niemand willkommen heißen würde.

Warum hatten ihn Anna und Vera nicht zum Bleiben bewogen, ihn einfach dabehalten und ihm ein Zimmer eingerichtet?

Vielleicht wäre er Vera tatsächlich ein Vater gewesen und Anna ein Mann. Bei uns war er niemand. Wieder dachte ich daran, Vera anzurufen.

Der Regen war schwächer geworden.

Ich verließ die Autobahn, fuhr über die Hardturmstraße Richtung Escher-Wyss-Platz, wo ausnahmsweise kein Stau herrschte. Langsam überquerte ich die Wipkingerbrücke. Die Limmat führte hohes Wasser, schmutzigbraun, fast wild; die am Ufer angeketteten Pontons schwappten mit Wucht auf und ab, Hölzer drehten sich in den Wirbeln.

Ich bog in die Kyburgerstraße ein, kaufte bei Zufikar Orangen und Birnen, zog die Post aus dem Kasten und stieg die Treppe hoch. Während ich meine Sachen für die Reise zusammensuchte, dachte ich an den Kongreß, an dem ich über die multilinguale Tradition meines Landes sprechen sollte.

Ich könnte über Muttersprache und Vatersprache reden. Das Schweizerdeutsche als Muttersprache, als die Sprache des Gefühls, zu dem die Vatersprache, das Hochdeutsche, tritt, als Sprache des Verstandes, des

Willens, des Abenteuers, so hatte ich das einmal formuliert, das eine wird gesprochen, das andere geschrieben. Ich hatte ausgeführt, wie diese beiden Sprachen sich widerstreiten in jedem von uns, wie Väter und Mütter sich streiten, wie folglich in jedem von uns unablässig Konflikte brodeln. Ich sah bereits die verwunderten Gesichter der Kongreßteilnehmer vor mir.

Ich trat einen Augenblick ans Fenster, noch immer Regen, der gegen die Scheiben pritschelte; aus dem Lautsprecher von Zufikars Laden dröhnte Musik herauf, Stimmen dazwischen, Lachen.

War ich dabei, aus meinen Familienkonflikten einen Sprachkonflikt zu machen? Ich hörte die Mutter- und die Vaterstimme, sie sprangen hin und her wie ein Tennisball, der mit Wucht geschlagen wird. Ich machte mir Notizen. Ständig mahnt und beschwichtigt in uns die Stimme der Mutter mit den früh erlernten Wörtern des Kindes, dann wieder tobt und wütet in uns der Vater, mit dem, was wir sollten und müßten. Die Sprache des Befehls ist Hochdeutsch, die Sprache des Trostes der Dialekt. Der die Kinder heimsuchende, zwinglianisch-strenge Nikolaus mit Kapuze und Sündenregister, der die Rute schwingt und den Kindern mit Strafe droht, spricht hochdeutsch; das Christkind an Weihnachten schenkt und versöhnt im Dialekt. Immer streiten sich Mutter- und Vatersprache.

Ich blickte über die Dächer hinweg, wo der Abend dämmerte, die Stadt sich langsam in die Nacht streckte.

Vielleicht finden in unserem Land keine Bürgerkriege statt, weil wir die Gesellschafts- und Familienkonflikte als Sprachkonflikte in uns selber austragen.

Ich lachte. Eine gewagte These.

Deshalb, so würde ich in meinem Vortrag folgern, landeten in unserem Land so viele in der Klapsmühle, Maler, Schriftsteller und Wildhüter, wie Wölffli und Walser und Morgenthaler, Pfammatter und Glutz-Ruchti; nur die Sennen blieben ungerührt, selbst wenn der Fels zu Tale donnerte.

Ich zog den Zettel aus der Tasche, eilte zum Telefon, hob den Hörer ab und begann die Nummer von Vera zu wählen.

Rasch legte ich wieder auf.

Ich freute mich nun doch auf die Reise.

Als ich in der Handtasche nach meinem Paß suchte, entdeckte ich das Briefbündel.

Ich ließ meine Hand über die Schleife gleiten und legte das Bündel zu meinem Reisegepäck.

11

Der Taxifahrer gab sich alle Mühe. Der Schweiß auf meiner Stirn, mein ständiges Hinundherrutschen auf dem Hintersitz, meine gelegentlichen Stoßseufzer waren ihm unangenehm. Er beschleunigte, überholte, bremste, wartete: Morgenverkehr. Die Universität lag im Zentrum der Altstadt, selbst schuld, wer zu spät kommt. Ich hatte mit Austrian Airlines über Wien nach Vilnius fliegen müssen, die Maschine hatte Verspätung. Die Organisatoren konnte ich nicht erreichen, vielleicht hatte ich eine falsche Nummer erhalten, vielleicht war mir ein Fehler unterlaufen. Die Botschafterin würde vergeblich warten. Ein Schweizer Beitrag am europäischen Sprachentag war ihr wichtig, ein wenig Präsenz unseres isolierten Landes an einer EU-Veranstaltung, unsere Flagge im Kreis der europäischen Fahnen: Auch die Schweiz gehörte dazu, dieses eine Mal wenigstens.

Wir sind gleich da, versicherte mir der Fahrer in gebrochenem Englisch.

Ich nickte.

Ich wäre besser am Vorabend angereist, aber das Treffen mit Kristin war mir wichtiger, das erste seit Monaten, vielleicht gab es doch eine Perspektive, vielleicht. So hatte ich gedacht und den Morgenflug gebucht.

Der Fahrer bremste abrupt, nannte den Preis und wies auf das Denkmal vor unsern Augen.

Donelaitis, belehrte er mich, gleich dahinter ist der Eingang zur philosophischen Fakultät.

Ich eilte über die Stufen hinauf. Gleich hinter der Tür heftete man mir ein Schild ans Revers und wies mich in Richtung eines langen Korridors.

You can't miss it.

Hoffentlich, dachte ich.

Ich verirrte mich selten in solchen Gebäuden, aber diesmal schien es unausweichlich, ein Korridor verlor sich in einem andern, keiner führte ans Ziel. Irgendwann stieß ich auf die Sekretärin, die mich am Ärmel faßte und mich bis zum Auditorium maximum nicht mehr losließ. Zum Glück konnte ich das Gedicht auswendig. »Immer zu benennen«, begann ich, versuchte durchzuatmen, überließ mich den Versen. Nur nach und nach konnte ich die Gesichter ausmachen im dämmerdunklen Raum des Auditoriums, die Holzbänke, die barocken Säulen. Ich sprach vom Baum, den das Gedicht nannte, vom Vogel im Flug, vom rötlichen Fels, wo der Strom zieht. So hatte sich Bobrowski, längst in der Fremde wohnend, seine Heimat wiedererschrieben.

Da ist der Strom, sagte ich, die Memel, Nemonas, Niemen, da sind die Flüsse Jura und Mitwa, die der Dichter benannt hat, die Szesupe, lehmschwer, da sind die Dörfer Wilkischken und Motzischken, die Hügel, die Kindheit, all das Vergangene, das dieser Dichter aus Tilsit benannt, in Sprache gefaßt hat, während er gleichzeitig doch zweifelte an den Worten.

Was also ist Sprache?

Ich stockte einen Augenblick.

Mit dem Vater den Fluß entlang, der von Weiden gesäumt war, von Eichen, in denen die Vögel nisteten, das Rotkehlchen, die Meise, auch der Falke. Der Vater hatte Bescheid gewußt, hatte die Balz- und Lockrufe gekannt, die Nistgewohnheiten und sogar die Fluggeschwindigkeiten der verschiedenen Vogelarten.

Er hatte auch die Namen der Pilze gekannt, der Sträucher und Kräuter, der Käfer und Insekten.

Der Vater, dieser Vater der frühen Jahre: er und ich unterwegs, quer über die Felder, wir beide allein draußen in der Landschaft, manchmal schritten wir schweigend dahin, oft in den frühen Morgenstunden, schauten nach dem Vieh, kontrollierten die Gehege. Der Vater wies mich hin auf Sträucher und Bäume.

Kindheit, zitierte ich wieder den Dichter aus Tilsit, *da habe ich den Pirol geliebt*. Ich beschrieb diese Welt an der Memel, die in den Versen des Dichters ein poetisches Universum geworden war. Benennen, ich zögerte, und gleichzeitig wissen, wie vorläufig dies immer ist. *Zeichen, Farben, es ist ein Spiel,* deklamierte ich ins Auditorium maximum hinaus, *ich bin bedenklich, es möchte nicht enden gerecht.* Nein, betonte ich, gerecht werde das Benennen dem Benannten nie, die Sprache reiche nicht heran, auch die entschlackte nicht.

Benennen geschieht aus Hoffnung, oder, wie Bobrowski es ausdrückte, *auf Hoffnung hin*.

Die Namen mußt du dir merken, hatte der Vater gesagt, Grasmücke und Nonnenfink, Wiedehopf und Kirschkernbeißer; nicht von Pilzen sollst du sprechen, sondern vom Röhrling und vom Schierling, vom Täubling und von der Totentrompete. Ich war mir manchmal nicht sicher, ob der Vater die Namen wußte oder erfand, aber ich glaubte ihm. Namen nennen oder Namen geben, schärfte er mir ein.

Am Fluß waren wir gegangen, der Vater hatte mir die Nistplätze gezeigt, die seichten Stellen im Fluß, wo die Frösche laichten.

In die Stille hatte er mich geführt, in die das Hämmern der Spechte drang, das Klopfen. Er kannte die Lichtungen und Schonungen im Wald, wo es sich so leicht warten ließ. Und wer, wenn nicht der Vater, lehrte mich, was ich vergaß, den Schlaf der Vögel im Flug, der Bäume Schlaf.

Nur der wird sich erinnern und die Bilder bewahren, sagte ich ins Auditorium maximum, der sie benennen kann; darin findet jedes Sprechen sein Wagnis, sein Scheitern manchmal und manchmal sein Gelingen. Es bleibt immer, führte ich aus, der Zwiespalt zwischen einer sprachlosen Sprache, in der die stummen Dinge sprechen, und jener zur Zeichenhaftigkeit neigenden Sprache, die durch den Begriff einengt, was sie wahrnimmt, aber Sprache und Sprechen schaffen immer eine Form von Identität, von individueller zunächst, aber auch von kollektiver.

Ich muß acht oder neun gewesen sein, als der Vater und ich einmal in den Abend hineinwanderten, den Fluß entlang, talaufwärts. Der Vater erzählte von seinem Vater, der hier als Bauer angefangen hatte, dessen Hof einmal niedergebrannt war; von meinem Großvater, der die Flammen nie vergaß, vom Geschrei der Tiere sprach, die keinen Fluchtweg mehr fanden und in den Flammen verendeten. Doch der Großvater hatte später einen andern Hof erhalten, hatte neu anfangen können. Der Vater erzählte, und wir vergaßen umzukehren. Es war schon Nacht geworden; erst als wir zu der großen

Schuhfabrik kamen, die schon im Luzernischen lag, merkten wir, wie weit wir gegangen waren. Meine Füße schmerzten, wir standen ratlos in der Nacht, der Vater untersuchte meine Füße, erschrak, als er die aufgeplatzten Blasen sah.

Warum hast du nichts gesagt?

Ich zuckte mit den Schultern.

Wir betraten das nächste Gasthaus, tranken etwas, der Vater telefonierte mit einem Bekannten, der ein dreirädriges Rollermobil, eine »Biene«, besaß.

Der Vater verband meinen Fuß. Dann saßen wir einfach da und warteten.

Ich hätte noch lange weiterwarten wollen.

Nach seiner Rückkehr ging der Vater nie mehr mit uns hinaus an den Fluß oder in die Aue, nicht mit mir und nicht mit Michael.

Es sei wegen der Krankheit, erklärte er, und die Mutter stimmte zu. Vielleicht, dachte ich, war es wegen dieses Toten im Fluß. Viele mieden den Fluß seit jenem Novembertag, als der Tote angeschwemmt worden war.

Die ersten Zuhörer verließen den Saal. Ich kürzte den Exkurs über Mutter- und Vatersprache ab, erwähnte noch die Spannung, die entsteht, wenn man immer anders redet, im Dialekt nämlich, als man schreibt, in der Hochsprache. Ich erwähnte die Grunderfahrung des Übersetzens, die uns unsere Situation geradezu aufzwinge, ein ständiges Sichherantasten und Suchen. So sei Sprache immer unterwegs, *abgehetzt,* wie Bobrowski sage, *mit dem müden Mund auf dem endlosen Weg zum Hause des Nachbarn.* Das gelte auch heute noch, im neuen Europa ganz besonders, wo wir ja glücklicherweise nun alle Nachbarn geworden seien.

Noch einmal hatte ich den Vater am Fluß gesehen, ganz allein; es muß wenige Wochen nach seiner Rückkehr gewesen sein. Ich beobachtete ihn von ferne. Unbeweglich stand er am Ufer, den Blick auf die Wasserfläche gerichtet, den einen Arm leicht erhoben wie zu einem Winken. Ich weiß nicht mehr, warum ich mir vorstellte, er stünde am Fluß und weinte.

Ich hatte den Vater nie weinen sehen, auch nicht, als wir den Hof verlassen mußten, damals. Ich hätte gern sein Gesicht gesehen, aber ich wagte mich nicht näher heran, ich wollte um keinen Preis, daß er mich entdekken würde, ich hätte mich geschämt, und er sich wohl auch.

Ich sah auf diese Gesichter im Auditorium maximum, die meisten gaben sich geduldig. Vorn saßen die Vertreter der Nationen, auch unsere Botschafterin saß da, ohne Schärpe in den Landesfahnen, aber mit wehendem Haar und nach allen Seiten nickend.

Benennen, sprechen, reden, sagte ich jetzt und zitierte Hamann, Friedrich Georg aus Königsberg, Kaliningrad, fügte ich an, reden sei Übersetzen, Gedanken in Worte, Sachen in Namen, Bilder in Zeichen übersetzen, jenes Spiel eben, das nicht gerecht ende, aber als Wagnis eine immer neue Herausforderung darstelle. Daran wolle man denken, hier und heute, an diesem europäischen Tag der Sprachen, an dem es uns hoffentlich gelingen werde, zum Haus des Nachbarn zu finden.

Der Applaus blieb höflich, die Botschafterin war zufrieden. Gut, lobte sie beim Aperitif, daß wir als mehrsprachiges Land hier präsent waren, gerade hier. Und sie versprach mir, als Dank, einen Wagen mit Chauffeur für die Fahrt an die Memel, an die Jura und an die Kurische Nehrung. Die Bibliothekarin in Kaunas, nach der ich mich erkundigt hätte, werde sich um alles kümmern.

Rasch schüttelte ich all die Hände, die geschüttelt werden wollten; zu meiner Überraschung sprach mich ein französischer Psychiater an und machte mich auf einen Kongreß aufmerksam, der im nächsten Frühjahr in Lissabon stattfinden solle; Thema seien die zeitgenössischen Formen von Identität, wobei vor allem die kollektiven Identitäten im Vordergrund stehen sollten, was gerade in den globalisierten Gesellschaften von erhöhtem Interesse sei. Er forderte mich zur Teilnahme auf, schlug mir vor, ein Referat zu halten, das aus meinen heutigen Ausführungen hervorgehe, eine offizielle Einladung würde folgen.

Ich bestätigte mein Interesse an Thema und Tagungsort und dankte für den Hinweis.

Das Taxi brachte mich hin, Ostra Brama hieß das Tor noch immer, Tor der Morgenröte, mit der Kapelle der Barmherzigen Madonna von Vilnius, der Mater misericordiae.

Die Klagelieder hörte ich von weitem, sie drangen in die Gasse hinaus, ich trat in den Gang ein, der zur Kapelle führte, versuchte, an den Knienden vorbei, die Steintreppe hochzukommen. Betende, singend die einen, jammernd die andern, Männer und Frauen, zwischen siebzig und neunzig, ärmlich die Kleidung, dünne Mäntel, schwere Schuhe, Frauen in Kopftüchern und Wollstrümpfen, sie folgten diesem klagenden Singsang, die gefalteten Hände Richtung Madonna ausgestreckt, die schon manchen geheilt und manchem zu Reichtum verholfen hatte.

Der Vater hielt das Gesicht gesenkt, die Augen niedergeschlagen, die Hände gefaltet, seine Lippen bewegten sich, doch kein Laut war zu hören. Zwischen den Köpfen hindurch sah ich die Madonna, ein dunkles Gesicht vor hell glänzendem Gold.

Ich machte zwei Schritte auf den Vater zu, ich hätte seine Bitten hören wollen. Für einen Augenblick dachte ich daran, ihn anzusprechen, ihn leicht anzutippen, ihn bei der Hand zu nehmen und wegzuführen. Sein Haar war immer unordentlich gewesen, als sei er ständig dem Wind ausgesetzt, einem heftigen Wind, und als fände er keine Gelegenheit, das Haar zu kämmen. Sein Gesicht war aufgedunsen, wie bei meinen letzten Besuchen vor seinem Tod. Wir hätten endlich Zeit füreinander, für jenes Gespräch, das wir nie geführt hatten. Ich hätte ihm jetzt gern die Hand auf die Schulter gelegt und sein Haar etwas geordnet. Ich verwarf den Gedanken. Der Priester begann mit seinen Gebeten an die Madonna.

Ich kehrte um, wollte mich beim Eingang nochmals umdrehen, zurückkehren, aber es gelang mir nicht, inmitten all dieser Menschen.

Mit langsamen Schritten ging ich zum Rathausplatz. Ich nahm das Briefbündel, das Vera mir eingepackt hatte, aus der Tasche, drehte es in den Händen. Ich würde die Briefe lesen. Später.

Im Palast der Künstler schaute ich mich um, etwas oberflächlich, lustlos, bummelte die Vokiečių hinunter, bog dann in die Nikolasstraße ein, zur Franziskanerkirche hinüber und trat rasch ein. Sie war über Jahrzehnte geschlossen gewesen, überall bröckelte der Gips, breite Risse zogen sich über die Mauern, Wasserflecke; manche Fenster waren mit Karton verklebt; ein seltsam orangefarbenes Abendlicht fiel über Wände und Pfeiler.

Hinter einem Altartisch, der viel zu klein war, in Eile irgendwo hergeholt, stand ein Priester. Über dem Tisch ein Kreuz, leicht baumelnd an einem Seil.

Die Kirche war voller Menschen. Ich lauschte der Stimme des Priesters, obwohl ich seine Worte nicht verstand. Immer wieder bröckelte Gips in die Stille zwischen den Worten.

Vor der Kirche sprach mich ein Mann an, der sich in seltsam klingenden Brocken Deutsch zu verständigen versuchte, Kindheit, verstand ich, Deutsch gesprochen, Sprache der Eltern, 1934 geboren, mit sechs die Russen, mit sieben Hitler, Krieg, immer Krieg, nie mehr Deutsch, seit 1944, viermal die Finger beider Hände und nochmals vier, die rauhe Haut eines alten Mannes, er schrieb Wörter auf die Hand, der Klang des Deutschen war ihm noch vertraut, er nickte zu meinen Sätzen, suchte nach Worten, Freude, hörte ich, Vater, Mutter, Deutsch, dann nicht mehr Deutsch, nur Russisch, Litauisch, Krieg, stammelte er, zog den Ärmel seines Hemdes hoch, fuhr mit dem Finger die Narbe entlang, nicht gut Russen.

Er suchte nach Worten, wollte erzählen, stockte, fand plötzlich ein Wort, Strom, flüsterte er, Eis, er schwieg, schüttelte den Kopf, seine Wörter reichten nicht aus, kein Englisch, nein, und Deutsch verloren.

Er brach ab, gestikulierte noch einmal, wild, wandte sich unvermittelt ab.

Ich stand eine Weile, irritiert. Es mußte in Posen gewesen sein, daß Kristin und ich mit einem Mann gesprochen hatten, dem Deutsch auch nur noch eine schwache Erinnerung war, aber Kristin war es gelungen, seine Geschichte aufzunehmen, indem sie ihm geduldig, Wort für Wort, folgte, behutsam nachfragte.

Kristin war nicht mehr da.

Für einen Augenblick spürte ich den Schmerz, etwas verloren zu haben, eine Brücke. Brücke zum Leben. Zum Alltag. Sie hatte selbst Wände und Möbel zum Leben gebracht, alles geriet in Schwingung, wenn sie da war, auch die eigene Haut. Die vor allem.

Wo sie jetzt wohl war?

Warum bebte noch immer etwas, wenn ich an sie dachte? Nicht zu erklären. So wie einen manchmal auf offener Straße ein Frösteln überkommt. Oder ein Husten.

Ich schlenderte weiter, schaute an den Fassaden hoch, folgte den Autos. Ich wünschte mir, der Mann käme nochmals, ich wüßte jetzt, wie wir sprechen könnten.

Ich trat zu einem Kiosk und kaufte mir eine Zeitung. Langsam klaubte ich die Münzen heraus, ich sah die Kioskfrau an, eine junge Frau, fast ein Mädchen noch, mit rötlichem Haar. Meine Hand zitterte so heftig, daß ich kaum die Münzen fassen konnte. Die Frau half mir beim Zählen und fragte, ob mir nicht gut sei, ob ich ein Glas Wasser möchte. Ich wehrte energisch ab, murmelte irgend etwas. Ich entdeckte ein Café, gleich an der Ecke zur Bibliothek, Trakų acht. Im Fenster stand ein Glasturm mit unzähligen Torten, ich las die Namen: Tortas Vasaras, Tortas Karaliskas, Tortas –

Ich zögerte einzutreten.

Kristin und ich hatten in jeder Stadt, die wir gemeinsam besuchten, ein Café bestimmt, von dem aus jeder auf seinen Wegen in die Stadt aufbrach. Wir trafen uns dann zu bestimmten Tageszeiten in diesem Café. Jeder erzählte dem andern, was er gesehen, entdeckt, aufgenommen hatte, kleine Episoden, Begebenheiten. So entstanden unsere Stadtbücher, vollgeklebt mit Fahrkarten, Notizen, Fotos.

Während ich auf die Kuchen blickte, wurde mein Zittern wieder heftiger.

12

Die Fahrt im überfüllten Bus von Vilnius nach Kaunas war mühsam. Es herrschte ein Gedränge und eine ständige Unruhe, immer wieder hielt der Bus an, wartete. Es war unmöglich, ein Buch hervorzunehmen und zu lesen. Immer neue Menschen drängten in den Bus, standen dicht beieinander, viele mit Körben, Taschen, umgehängten Jutesäcken; der Geruch von fauligem Stroh, dumpfer Feuchtigkeit und Moder.

Draußen flaches Land im nachmittäglichen Licht; da und dort war ein Bauer auf einem Feld zu sehen, der mit einer Hacke die Erde zwischen Stauden harkte; dann wieder menschenleeres Land, Hecken, Tümpel und Moore, kleine Seen.

Am frühen Abend die Ankunft: Die Bibliothekarin, Chana Kleinas, hatte mich im Vorraum der Bibliothek erwartet, ein bunkerartiges Gebäude aus der Sowjetzeit, abweisend und kalt auf den ersten Blick, aber im Innern hohe helle Räume mit alten Zettelkästen, kleinen Schubladen, die abgegriffene Karteikarten enthielten, auf denen die Titel und Signaturen der Bücher noch mit Tinte verzeichnet waren. Ich liebte alte Bibliotheken. Damals, mit dreizehn, hatte meine Zuflucht zu den Büchern begonnen; erst waren es die wenigen Bücher in der Bücherwand meines Vaters gewesen, Titel aus einem Buchclub, später die Leihbücherei im Dorf, dann Rosenzweig, der mir von Büchern erzählte und mir Bücher mitgab, auch das Buch *Hiob*.

Chana führte mich durch die Räume, zeigte mir das Bobrowski-Zimmer.

Seit sieben Jahren arbeite sie nun hier, erzählte Chana.

Bücher geben einem das Gefühl, als sei auch das bewahrt, was für immer fehlt, vergessene Bräuche, verlassene Zimmer, verschwundene Menschen. Bücher sind für mich Gefährten. Man geht hin, läßt die Finger über das Papier gleiten, riecht, entdeckt, findet Zeilen und Zeichen, manchmal ist es ein Satz, der ins Auge springt, die Andeutung einer Geschichte: Und schon ist man in eine andere Welt hineingezogen.

Besonders in den Jahren nach dem Krieg habe ich in Büchern gefunden, was nicht mehr war. Menschen verschwinden oder verlassen uns, Bücher bleiben.

Ich hoffe, fügte Chana an, daß ich auch nach der Pensionierung noch hier arbeiten kann, stundenweise wenigstens.

Darüber war es dunkel geworden. Ich saß mit Chana in der Eingangshalle der Bibliothek. Wir sprachen über Spuren und Spurensuche.

Es gäbe viel zu tun in dieser einst so jüdischen Stadt.

Chana seufzte.

Sie schrieb mir ihre Telefonnummer auf, für den Fall, daß ich noch etwas über die Stadt erfahren wolle.

Ich nickte.

Kaum hatte ich das Hotel erreicht, überlegte ich, Kristin anzurufen, einfach so. Ich könnte von diesem Café erzählen, von meinen Gängen durch die Stadt, von Chana und ihren Buchgefährten. Kristin war neugierig, liebte es, von fernen Städten zu erfahren, von Landschaften, von Menschen. Sie würde zuhören, sie würde fragen. Ich verwarf den Gedanken.

Sollte ich Vera anrufen?

Vera würde nach den Briefen fragen. Ob ich sie schon gelesen hätte, und was ich davon hielte. Oder sie würde nach Simon fragen.

Ich rief Elisabeth an.

Johanna und sie kämen zurecht. Nichts sei verändert, nichts zu berichten. Das gleiche Schweigen jeden Tag. Elisabeth machte lange Pausen, als wüßte sie nicht so recht, was sie mir mitteilen sollte. Sie war schon immer die Schweigsame gewesen, die meist Johanna das Sprechen überließ.

Es braucht Geduld, wir werden sehen. Mach dir keine Sorgen.

Ich ging im Zimmer auf und ab, unschlüssig.

Ich nahm das Briefbündel zur Hand, zog einen Brief heraus, las ein paar Zeilen und legte ihn zurück, vergeblich; ich nahm einen zweiten, einen dritten, ich überflog die Zeilen; ich schüttelte den Kopf, wehrte ab, blieb hängen mit einemmal, hängen an einem Satz, der mich stocken ließ: »Helens Sehnsucht geht in die Ferne, in den Norden, als ob da ihre Antwort läge.« Ich stutzte.

Was ging vor, erlag ich einer Täuschung?

Als ob da ihre Antwort läge, Mutters Antwort. Verfolgten mich meine eigenen Sätze, kehrten als Tagträume wieder? Als Alpträume? War ich dabei, verrückt zu werden? Als ob da ihre Antwort läge. Weiterlesen half nicht. Der Brief verlor sich in bedeutungslosen Alltagsmitteilungen. Außer diesem einen Satz.

In meinem Kopf drehte sich das Karussell der Bilder. Der kniende Vater vor der Madonna, die junge Frau auf der Fotografie, Mutters Erzählungen von den Flößern auf der Düna, von Stopfkuchen und Judenbroten.

Ich fand keine Ruhe.

Ich rief Chana an und fragte sie, ob wir nicht noch ein wenig spazieren, ein wenig die Stadt durchstreifen könnten.

Sie ließ mich nicht lange warten.

Sie fragte nicht nach den Gründen für meine Kehrtwendung, für meine Ungeduld, schritt voran, zeigte und erklärte, was ihr wichtig schien, die Konditorei Steinbach, den Einheitsplatz mit dem Kunstmuseum und die deutsche Buchhandlung. Ich war froh, daß sie da war und mich ablenkte, von Sätzen und Bildern, von vermißten Vätern und ratlosen Müttern.

Kowno oder Kaunas, sagte sie, war eine stark durch die jüdische Tradition geprägte Stadt.

Rund fünfzigtausend Juden lebten hier vor dem Krieg, heute sind es noch ein paar hundert.

Zuerst die Deportationen unter Stalin, dann die Mordkommandos der Gestapo. In manchen Städten ist nicht ein einziger Jude übriggeblieben.

Chana sprach in ruhigem, beinahe beiläufigem Ton.

In dem Dorf, in dem ich aufgewachsen bin, hatte man Rosenzweig den letzten Juden genannt, erzählte ich ihr.

Chana zögerte.

Ich bin auch die letzte.

Sie schritt rasch weiter.

Sie war vier, als sie die Eltern zum letztenmal sah, Herbst 43.

Fortgebracht, sagte die Tante, die das Kind aufnahm und bei sich versteckte. Die Eltern waren fort, die Großeltern, Esther, die ältere Schwester, alle.

Nein, sie hatte nie mehr etwas gehört.

Man kennt diese Geschichten.

Wieder sprach Chana im Gehen.

Chana führte mich durch die Mapu-Straße, beschrieb den geflochtenen Weißbrotzopf, nach dem es hier geduftet hatte, den *challe*.

Sie kaufte Teekringel, *beigeles*, sagte sie, sprach von den Pogromen der Wehrmacht.

Mein Vater, sagte ich, hat die Grenze zu Deutschland gegen die jüdischen Flüchtlinge verteidigen müssen. Und einer von ihnen war jener Simon, der genausogut mein Vater sein könnte. Aber das ist ungewiß.

Wir erreichten das Ufer der Nemonas. Lautlos floß das Wasser unter der mächtigen Betonbrücke durch. Ich folgte dem Lauf des Stroms und warf Teekringel ins Wasser.

Bei der Garnisonskirche verabschiedete sich Chana. Bis morgen, rief sie mir zu und verschwand in einer der dunklen Gassen.

In der Nacht lag ich lange wach.

Der Chauffeur der Bibliothek holte Chana und mich am nächsten Morgen um acht am Hotel Perkūno Namai ab; es lag etwas außerhalb der Altstadt, auf einer Anhöhe, die den Blick freigab auf die Dächer und hinaus auf die Landschaft, durch die der Strom seine breite Bahn zog.

Und wohin soll's gehen, fragte der Chauffeur Laimonas mit morgenfrischer Stimme und sah mich erwartungsvoll an.

Sarmatien eben, sagte ich, immer am Strom entlang, bis ans Meer, Königsberg vielleicht.

Er nickte, fuhr los.

Und was suchen Sie?

Chanas Frage überrumpelte mich.

Sarmatien, Kindheit, Wunderland, und Sie sind Alice.

Chana lachte.

Laimonas fuhr rasch aus der Stadt hinaus, nahm die schmale Landstraße, die nah an der Nemonas verlief.

Motzischken, rief Laimonas, der Chauffeur, Močiškiai.

Er verlangsamte die Fahrt, doch außer der Ortstafel waren nur Felder zu sehen.

Wo ist das Dorf?

Er hielt an, wies auf ein paar Hütten in Richtung des Waldes. Da vorn ist die Jura.

Sarmatien, ergänzte Chana, Land der Kindheit: *das Glockenklingen, droben / aufscholls, niedersanks / durch das Laubgehäus, / wenn wir hockten am Waldrand, / auf einen Grashalm reihten / rote Beeren; mit seinem / Wägelchen zog der graue / Jude vorbei.*

Chana rezitierte leise. Sie hatte schon andere Reisende hierhergeführt, von Tilsit nach Wilkischken.

Wir machten ein paar Schritte, standen am Ufer der Jura.

Die Bäuerin machte auf die Störche in den Föhren aufmerksam, auf die Graugänse; das Leben ist härter geworden, klagte sie, von Jahr zu Jahr.

Malven, Sonnenblumen umgaben die Häuser, Apfelbäume, Holundersträucher, Rittersporn. Vom Kalmus hatte Simon gesprochen, vom Haselhahn.

... als ob da die Antwort läge.

Die Mordkommandos sind über die Brücken gekommen, erklärte Chana, mobile Tötungskommandos aus dem Memelland, die immer neu die Orte heimsuchten, Motzischken und Marijampolé neunmal, Taurogé fünfmal, Kaunas dreizehnmal.

Nichts ist geblieben, hielt Chana fest. Es gibt kein jüdisches Leben mehr.

Auf einem Hügel im Wald lag ein Friedhof, die Grabsteine überwachsen. Wir lasen die Namen unter dem Gestrüpp. Veinreb. Zilberis. Reselis. Rozinas. Leivany.

Der neue Friedhof ist drüben, auf der anderen Seite, bei Wilkischken, schön gelegen, sagte die Bäuerin.

Laimonas entdeckte die Hütte.

Sie stand nah an der Jura, war völlig überwachsen, die Fenster zugenagelt, ein Holzhaus.

Beide sind jetzt tot, sagte die Bäuerin, Vater und Sohn, sie hatten sich während des Krieges in ihrer Hütte verbarrikadiert. Sie verließen das Haus nie mehr. Erst starb der Vater, kurz danach der Sohn.

Vater und Sohn, wiederholte ich.

Wir kehrten um, stiegen ins Auto, fuhren an die Grenze, an den Übergang, der über den Fluß zur Zollstation führte. Wir schauten von der Brücke auf die Enklave Königsberg.

Da drüben ist Rußland, da beginnt die Steppe.

Nicht doch, erwiderte ich und wies auf das sonderbar gelbe Nachmittagslicht hin, das den Strom in gleißendes Gold verwandelte. Wir gingen über die Brücke.

Von der anderen Seite näherte sich eine Frau mit einem Handwagen voll Gemüse.

Chana erzählte von den Grenzgängern, die täglich ihre Waren schmuggelten. Früher wurden Bücher und Zeitschriften in unserer Sprache, die verboten war, ins Land gebracht, heute nur noch Whisky und Wodka, trinken ist leichter als lesen.

Ich konnte nichts mehr aufnehmen. Ich sah die Hütte, die vernagelten Fenster, den Vater und den Sohn, ein Paar.

Und ich hörte den Satz vom Traum, der in den Norden gegangen war.

Mit dem Sonnenuntergang fiel das grelle Gelb ins Orange, selbst die rauchenden Kamine von Kaliningrad nahmen sich dagegen harmlos aus.

Lautlos glitt der Strom dahin, der Abendwind strich über die Wasseroberfläche.

Wann fahren Sie?

Chana legte ihre Hand auf meinen Arm.

Übermorgen.

Und was nehmen Sie mit?

Den knienden Vater in der Marienkapelle hinter Ostra Brama, die Jura, die vernagelte Hütte. Professor Voigts ungeschriebene Oper, eine Melodie von Primgeiger Gawehn; und jenen Mangel, der bleibt.

Man kann ihm auch einen Namen geben, Sarmatien zum Beispiel. Oder einfach –

Chana hob vielsagend die Hand.

Ich schwieg.

Und was wollen Sie noch finden?

Ich stockte.

Den Vater, sagte ich, den möglichen Vater als wirklichen Liebhaber, den möglichen Liebhaber als wirklichen Vater. Die vernagelte Hütte. Und den Namen, vielleicht den Namen, meinen Namen.

Der wird sich schon finden.

Ich will wissen, was war.

Am nächsten Tag fuhr mich Chana nach Klaipéda, und dann an die Kurische Nehrung: nackter Sand, Muschelkalk, manchmal der Wind, die Stille.

Wir liefen über den Sand und sprachen kaum. Nur einmal fragte ich, mehr mich selbst als sie, warum da plötzlich Spuren seien, nach so vielen Jahren.

Es sind die Augen, begann Chana zögernd, wenn man die Augen offenhält oder sie sich öffnen läßt, kommt mitunter zum Vorschein, was verborgen war.

Und dafür muß man reisen?

Überhaupt nicht. Aber oft öffnet das Reisen nicht den Blick für Ferne, sondern für das Ferne in uns selbst, in der Ferne rückt es nah.

Wir saßen am Rand einer Düne, ließen den Wind über uns hinwegfegen.

Ich dachte an die Väter, die über den Strand von Jūrmala geschritten waren.

Nehrung heißt Narbe, sagte Chana.

Während der Rückfahrt im Bus las ich endlich die Briefe. Veras Brief ließ ich ungeöffnet.

Sie hatte ihn ins Briefbündel des Vaters hineingeschmuggelt, sie schien überzeugt, ich würde irgendwann zu lesen beginnen und dabei auch ihren Brief entdecken. Ich fühlte mich durchschaut.

Nach meiner Ankunft im Hotel telefonierte ich mit meiner Schwester Johanna. Die Mutter lasse sich nach wie vor jeden Tag ans Fenster bringen, rapportierte Johanna, sie halte dieses Schweigen kaum aus, sie möchte die Mutter anschreien, sie schütteln, damit vielleicht eine Regung sich zeige und die Mutter etwas von dem verrate, was in ihr vorgehe. Sie stelle sich vor, die Mutter höre alles und wäre imstande zu antworten, tue es aber absichtlich nicht. Furchtbar, seufzte Johanna, einfach furchtbar.

Ich hörte Lärm von draußen und öffnete das Fenster. Eine Gruppe von Musikanten hatte sich gegenüber dem Hotel aufgestellt und begann zu spielen, obwohl es schon gegen Mitternacht ging. Die Musiker spielten und sangen litauische Volksweisen.

Was bedeutete Mutters Schweigen? Hatte sie im Grunde nicht immer geschwiegen, auch wenn sie geredet hatte? Hatte ich je gewußt, was in ihr vorging? Immer war sie reglos erschienen, unerschütterlich: als der Vater wegging, als er zurückkehrte, als er starb. Ich hätte sie schon immer schütteln mögen.

Die Musikanten auf der Straße spielten weiter, niemand beschwerte sich, die Hotelgäste lehnten sich aus den Fenstern und sahen hinab. Einige Passanten waren stehengeblieben und hörten zu. Vielleicht hatte die Mutter wirklich nur einmal einen Traum gehabt. Simon.

Verschollen.

Alles danach war Pflicht gewesen, die Heirat, die Kinder; durchkommen, irgendwie.

Ich warf den Musikern ein paar Münzen zu, schloß das Fenster und legte mich aufs Bett. Bilder, die vorüberzogen und rasch wieder entschwanden. Und von überall her Stimmen. Johannas Stimme. Die Mutterstimme. Veras Stimme.

Wieder dachte ich an Kristin, daran, sie anzurufen und ihr zu erzählen von meiner Fahrt an die Nehrung.

Ich schüttelte den Kopf, ich mußte endlich annehmen, daß niemand da war, niemand Vertrautes, mit dem ein Gespräch selbstverständlich war.

Ich hätte die Briefe des Vaters nicht lesen sollen. Sie verrieten, daß der Vater schon früh erwogen hatte, uns zu verlassen, schon lange waren seine Gedanken von uns weggegangen, hin zu Anna und Vera. Das stand in den Briefen, die von Sehnsucht sprachen, aber auch von Schuld.

Welche Schuld, dachte ich, die Schuld, ein einziges Mal im Leben einer Sehnsucht nachgegeben zu haben?

Ich hätte Mutter fragen sollen. Warum hatten wir nie darüber geredet? Was wußte Vera? Wußte sie mehr über uns als wir selbst?

Einen Augenblick wünschte ich mir, Vera wäre da, jetzt würde ich sie fragen.

Nein, sagte ich mir, nein.

Die Musikanten unten an der Straße waren abgezogen. An Schlaf war nicht zu denken. Ich zündete das Licht an, blätterte in der Volksliedsammlung des Dorfschullehrers Potschka aus Wilkischken. Aber nicht einmal das lenkte mich ab.

Ich rappelte mich auf und zog ein frisches Hemd an. Ein später Trunk würde mir guttun, und ein Nachtspaziergang.

Ich suchte das Café de Paris auf. Es lag an der Pilnies und gehörte einem jungen Franzosen mit einer schönen Frau, die alle Madame Blanchot riefen. Ich trat ein. Zu dieser späten Stunde saß nur ein einziger Gast im Lokal, ein alter Mann, er las. Madame Blanchot war nicht da. Ich bestellte einen Calvados. Mein Vater hatte alle Bücher von Remarque gelesen. Ich erinnerte mich an einen Band, in dem unablässig Calvados getrunken wurde. In seltenen Augenblicken hatte der Vater dem Kind aus Büchern erzählt, meist Abenteuergeschichten. Da kletterten zwei ohne Seil durch die dreihundert Meter hohe senkrechte Westwand am Großlohner, die tausend Meter ins Tal abfällt, eine Wand aus brüchigem Fels.

Der Vater war selber an dieser Wand geklettert. Es war am Ende eines Tages, er hatte einen Baum gefällt, ihn entastet und zersägt, ich hatte ihm geholfen, ich war vielleicht neun oder zehn gewesen. Wir hatten auf dem Baumstamm gesessen, und der Vater hatte vom Mittaghorn erzählt: vom brüchigen Fels. Von der Angst. Von den langsamen Klimmzügen. Vom Sich-Festklammern. Vom Durchhängen in der Leere. Vom panischen Blick in die Tiefe. Vom Rutschen und Neuansetzen. Von Steinplatten, die sich lösten. Von Schnittwunden durch das scharfkantige Gestein. Vom Rückzug schließlich.

Sie waren gescheitert: zurückgekehrt mit zerschundenen Händen und Gesichtern.

Der Vater hatte langsam gesprochen, ausführlich. Ich hatte ihm zugehört, mit angehaltenem Atem, seine Stimme, die nach Worten suchte, die flachen Steinbrokken beschrieb, ihre Glätte, ihre Maserungen, den Blick hinunter ins Tal: Geröllhalden, ein kleiner See, Schneereste, von einem schmutzigen Braun, Grasnarben, Sand. Das Umkehrenmüssen sei eine Niederlage gewesen, sagte er, eine Kränkung.

Er schwieg. Wir blieben in diesem Schweigen. Solche Augenblicke hatte es nach der Rückkehr des Vaters nie mehr gegeben.

Noch einen Calvados?

Ich schaute überrascht auf; es war Madame Blanchot persönlich, die fragte und dabei mit dem Zeigefinger über ihre Lippen fuhr.

Ich nickte.

Der Vater war zurückgekehrt.

Ich begriff nicht, warum.

Würde sein Leben denn nie enden?

Vielleicht hatte Vera recht: Etwas blieb, schlummerte, erwachte eines Tages, ungewollt und unvermittelt. Ein Bild, eine Empfindung, ein jäher Gedanke.

Ich würde mich Veras Spurensuche anschließen. Das stand fest.

13

Da drüben, dieses Bauernhaus, das ist es.

Vera stützte die Arme auf dem Fenstersims auf und sah hinaus.

Die zwei Zimmer ganz oben, gleich unter dem Dach, unter dieser Lukarne.

Das weißt du so genau?

Ich trat näher ans Fenster, hielt aber Abstand zu Vera. Das Doppelzimmer, das sie, ohne mich zu fragen, in diesem Wallfahrts- und Kurhotel bestellt hatte, berührte mich eigenartig.

Was hast du dir gedacht, wir sind kein Liebespaar.

Hab dich nicht so, wir können auch geschwisterlich nebeneinander schlafen.

Wochen waren seit unserer Begegnung am Rhein vergangen, ich hätte Vera nach meiner Rückkehr aus Vilnius und während der Sprachkurse nicht anrufen sollen. Jetzt wollte sie erst recht von Distanz nichts wissen.

Spiel bloß nicht den Prüden, du kannst die Augen schließen, wenn ich mich ausziehe, und die Betten lassen sich auseinanderrücken. Was willst du mehr?

Was wollte ich mehr? Vielleicht hätte ich erklären müssen, wie da, wie hätte ich es nennen müssen, eine Fremdheit war, sogar ein Unbehagen, wenn ich Vera nahe war. Warum? Vater und diese Anna? Ich konnte es nicht erklären.

Vera hatte mein Widerstreben nicht verstanden. So war ich ihr schließlich gefolgt, durchs Treppenhaus, durch einen langen Korridor. Sie hatte aufgeschlossen, die Reisetasche aufs Bett geschmissen und war gleich ans Fenster getreten. Ich hatte keine Eile, das angebliche Liebesnest zu sehen, obwohl ich es gewesen war, der diese Fahrt vorgeschlagen hatte: Auch ich wollte nun herausfinden, was sich zugetragen hatte.

Die beiden hatten damals nur zwei winzige Zimmer zur Verfügung, nicht mal eine Küche.

Bedauern schwang in Veras Stimme mit.

Sie hatten doch die Liebe.

Spotte nicht.

Vera drehte sich um.

Ich wußte, daß sie schon einmal hier gewesen war.

Vorhollen. So hieß das Gasthaus.

Ich hatte den Hinweis auf das fehlende ö nicht unterdrücken können, mußte mich aber von Vera belehren lassen, daß es sich um einen Flurnamen handelte.

Vera hatte mich am Bahnhof in Basel abgeholt und mich in rascher Fahrt in diese Grenzregion geführt, Hügel, Wälder, kleine Dörfer, in dem schon herbstlich gebrochenen Licht; Häuser, in die Ebene gestreut, die karg schien, mit diesem Dunst von Weite und Vergessen.

Vera sprach wenig, nannte mal den Namen eines Dorfes, eines Baches oder eines Hügelzuges, sie verwies auf Wanderwege, auf eigenartige Bezeichnungen wie Stuppen, Blauen und Zwingen; sie machte auf ländliche Besonderheiten aufmerksam, etwa einen Gasthof mit Strohdach oder eine alte Seifensiederei.

Wir sind im Schwarzbubenland, belehrte sie mich, im Landstrich der Schwärzer, der Seifensieder, der Korbmacher und Schleifsteinträger, der Roß- und Kälberärzte, aber auch der Heiligen und Seligen, allen, die es toll getrieben haben wie die alten Römer, Schwarze eben, langhaarig und bärtig schon im Mittelalter.

Du übertreibst.

Diesmal nicht. Kunterbängler hat man sie auch genannt, die in diesen Hügeln Zuflucht suchten, ein wildes Volk schon immer, rebellisch und widerständig, rasch zu Raufereien und Reibereien bereit, vom Elsaß bis ins Lüsseltal. Mir denen war nie gut Kirschen essen. Da paßten sie hin.

Wer?

Dein Vater eben und meine Mutter.

Die Mutter, Anna, hatte Vera den Weg beschrieben, den die Liebenden damals gegangen waren, zu Fuß, manchmal hatte ein Bauer sie ein Stück mitgenommen. Übernachtet hatten sie in Heuschobern.

Bei einer Ritterfestung hatte Vera angehalten und mir im sachlichen Ton einer Chronistin das Gründungsjahr der Burg genannt und vom nahen Kloster gesprochen, Mariastein, das wunderbaren Rettungen seinen Namen und seine Berühmtheit als Wallfahrtskirche verdankte.

Wofür soll ich büßen? Am Ende gar für die Lüste meines Vaters? Oder sein verfehltes Leben?

Sei nicht so voreilig und denk erst mal nach, bevor du den Mund aufmachst.

Veras Ton machte mich unwillig.

Wallfahrt erinnert die Menschen auch daran, daß es auf dieser Welt keine Ankunft gibt, für niemanden, auch für dich nicht; für dich schon gar nicht.

Ich schwieg. Sie hatte recht. Ich ärgerte mich über

mein eigenes Störrischsein. Sie wollte mir doch die Geschichte ihrer Mutter und meines Vaters nahebringen. Ich hatte mich längst darauf eingelassen, warum wehrte sich etwas in mir noch immer? Oder war es bloß Veras Eifer, der mich störte?

Schon auf dem Weg hatte sie von dem Koffer erzählt, den wir abholen sollten, in dieser entlegenen Gegend hinter dem Jura. Natürlich kannte sie auch den Weg, den die Liebenden damals zurückgelegt hatten, von Solothurn her über den Paßwang und durch das Lüsseltal.

Von dieser Festung, Rotberg, Vera erhob kurz die Augen, hat meine Mutter damals –

Rotberg, sagst du?

Ich stutzte.

Mir fiel jetzt diese Karte wieder ein, welche die Mutter gelesen und mir nicht hatte zeigen wollen. Nichts für dich. War das diese Karte gewesen: Schloß Rotberg? Auf den Schnipseln hatte ich später eine Burg gefunden. Schloß Ratberg. Oder Rotberg?

Hatte die Mutter damals nicht diese Schickse erwähnt, die an allem schuld sei?

Michael merkte sich das Wort. Schickse, prustete er immer wieder, Schickse. Die Art, wie er das Wort über seine Lippen preßte, gab ihm etwas Geheimnisvolles, wirkte wie eine Anspielung, obwohl Michael es einfach nachsprach, ohne zu wissen, was es bedeutete.

Die Mutter war auf meine Fragen nicht weiter eingegangen.

Ahnte ich damals, auch wenn ich es nicht glauben wollte, daß der Vater nicht in Schnee und Eis, nicht in tödlicher Gefahr war wie Scott und seine Männer, nicht in einer Kletterei am Mittaghorn, sondern in einer Gefahr, für die ich keinen Namen hatte? Hielt ihn doch kein Sturz in die Gletscherspalte, kein Schneesturm in den Bergen und ließ ihn im Biwak erfrieren wie Oates und Doktor Wilson?

Auch Edgar hatte bei einem Streit über die Expedition des Vaters gespottet. Ich hatte auf ihn eingeschlagen, wütend.

Vera starrte noch immer auf dieses Bauernhaus, hinter dem sich weite Felder auftaten.

Ich guckte über Vera hinweg auf die wuchtige Fassade des Klosters.

Die Wallfahrtskirche, sagte Vera, sie liegt auf einem Felsen, ein Kind ist hier in die Tiefe gestürzt und wie durch ein Wunder unverletzt geblieben. Unter der Kirche ist die heilige Höhle, die älteste Kapelle des Klosters, der Ursprungsort.

Seltsam, warf ich ein, sich ein Liebesnest in der Nähe eines Klosters einzurichten, das grenzt an Blasphemie.

Und wenn es Demut wäre, der Versuch, sich zu läutern und Buße zu tun? Am Wallfahrtsort werden seelische Wunden geheilt und Versöhnung angebahnt, mit Gott und den Menschen.

Deine Mutter war katholisch?

Und wie.

Mein Vater hatte nie über Religion gesprochen. Er zahlte Kirchensteuer, ließ uns taufen; er selber ging nie in die Kirche, außer zu einer Beerdigung.

Als er krank wurde, besuchte ihn alle paar Monate der Pfarrer, meist saß er am Bett des Vaters, redete auf ihn, den schweigenden Kranken, ein, der ab und zu nickte, bis der Pfarrer, müde von seiner Pflicht, sich verabschiedete.

Dieser Pfarrer hatte ihn auch bestattet, mit wenigen Worten und vielen Pausen, als hätte er dem Vater sein Schweigen in die andere Welt nachschicken wollen.

Vera schwieg jetzt. Von der Kirche klang Orgelmusik herüber. Eine Gruppe von Pilgern, Frauen mit weißen Hauben auf dem Kopf, stand vor dem Eingangstor. Im Gasthaus gegenüber war das Tagesmenü auf einer Tafel angeschrieben: Bauernspeck, Dörrbohnen und Kartoffeln für fünfundzwanzig Franken. Vor dem Bauernhof pries eine Tafel Eier ab Hof an, Süßmost ab Presse und Milch ab Kuh. Auf der anderen Seite der Straße wurden Viktualien zum Kauf angeboten. An einem Ständer vor dem Eingang hingen Soutanen und Pilgergewänder. Wandteppiche zeigten die Wunder, die sich hier ereignet hatten: die Heilung von Kranken, die Rettung von Gestürzten. Im Mirakelbuch waren sie alle verzeichnet.

Ich mache noch ein paar Schritte, wandte ich mich an Vera.

Das breite Doppelbett kam mir wie eine Drohung vor.

Ich komme gleich nach. Wir gehen dann zur Bäuerin, wir sind angemeldet.

Ich unterdrückte meinen Widerwillen, ich mag es nicht, wenn ich gedrängt werde, und in die Vergangenheit schon gar nicht.

Noch ehe Vera etwas entgegnen konnte, verließ ich das Zimmer. Der Platz vor der Kirche war umgeben von Steinfiguren, welche die Tugenden darstellten. Die Treue trug einen grauen Hut, als ginge sie unter Regen; die Liebe war von Rosen umgeben: *Amo, volo ut sis.* Schön, wer das sagen konnte, dachte ich, ich liebe dich, ich will, daß du sein kannst. Die Tugenden blickten sanft in dem grauen Stein. Leicht schräg dahinter stand, in der Nähe des Kirchenportals, in Stein gemeißelt, ein alter deutscher Vers zu den Lastern, von denen das eine aus dem anderen folgt, von der Hoffart zur Untreue zur Habgier: *Übermuot diu alte / diu rîtet mit gewalte. / untrewe leitet ir den* vanen. */ girischeit diu scehet dane / ze scaden den armen weisen. / diu* lant *diu stânt wol allîche en vreise.*

Schrecken herrschte also in Ländern, in denen die Laster Oberhand gewannen. Das würde ich Vera mitteilen, mich über das Wort *girischeit* auslassen, das mir gefiel. Ich schrieb es auf.

Ich setzte mich in eine Kirchenbank, jemand spielte Orgel, schwer, dunkel kam es mir vor, Pachelbel vielleicht, oder Bach.

Einige Frauen knieten vor der Schwarzen Madonna, die Hände gefaltet, die Lippen bebend.

Die alten Frauen hinter dem Tor von Ostra Brama fielen mir ein. Seit ich in Rom gelebt hatte, war es mir zur Gewohnheit geworden, katholische Kirchen zu besuchen, zu verweilen, einer Messe zu folgen, mich zu verlieren in einer andern Zeit.

Einmal hatte mich mein Vater in eine verlassene Kiesgrube geführt, die am Rande des Dorfes in den Hügel eingeschürft war. Dort gab es unzählige Tümpel. Der Vater zeigte mir die Molche und Kaulquappen, die wir Roßköpfe nannten; wir schauten ihnen zu, fingen sie, warfen sie zurück. Wir kauerten vor diesem Tümpel; steil stiegen die Wände der Grube an, manchmal rollten Kiesel nieder, gelber Jurakies, wir kauerten und schauten, der Vater half mir, einige Roßköpfe zu fangen, um sie in einem Einmachglas nach Hause mitzunehmen. Wenn es um Tiere ging, um Pflanzen oder Sträucher, konnte der Vater sich verlieren im Schauen und Erklären, im Staunen. Seine Augen wurden groß, sein Gesicht weich, verspielt, als wäre er wieder das Kind, das er einmal gewesen sein mußte.

Er erzählte kaum von diesem Kind. Aber in solchen Momenten war es mir nah.

Mit der Mutter gab es fast nie solche Augenblicke: Da war immer die Hast, die sie antrieb, auch im Reden. Sie sprang mitten im Satz in einen völlig anderen Gedanken, dann schon wieder zum nächsten. Jetzt sprach sie nicht mehr. Seit Wochen nicht mehr. Saß am Fenster und stierte hinaus oder in irgend etwas hinein, von dem wir nichts ahnten. Dieses Schweigen, so hatte es Johanna empfunden, wirke wie ein stummer Schrei, der alles durchdringe, ein unterdrückter Vorwurf, der einen schuldig spreche.

Ich wollte eben den Viktualienmarkt betreten, als Vera mich am Ärmel zupfte. Schon wieder, dachte ich.

Ich wollte mich einkleiden, brummte ich, Büßergewand, Tonsur, eine Peitsche zur Selbstgeißelung für sündiges Tun.

Kannst du später machen, die Bäuerin erwartet uns, auch der Koffer ist noch da.

Ich folgte Vera.

Die Bäuerin, einige Jahre jünger als Vera, begann zu reden, kaum hatten wir die große Stube betreten, eine Bauernstube.

Wir setzten uns an den Tisch.

Ihre Mutter, die kurz vor Kriegsbeginn geboren sei, habe das Liebespaar noch gekannt, als Mädchen, das sie damals gewesen sei. Sie habe ihr und ihrer Schwester während der Schulzeit von diesem Paar erzählt, und zwar, als sie diesen Koffer auf dem Dachboden entdeckt hätten, verschlossen und geheimnisvoll.

Der Koffer stand neben dem Ofen, eine Lederimitation, ein dunkles Braun von fahlem Glanz, staubig, gemasert wie eine Schlangenhaut. In der Mitte war ein Henkel angenietet, links und rechts davon große silberne Schlösser, deren Beschläge aufsprangen, wenn man das Schloß öffnete. Wir hatten zu Hause zwei solcher Koffer gehabt, mit dem einen, dem kleineren, war der Vater 1940 in den Militärdienst eingerückt. Davon gab es ein Foto. Grenzwachtdienst am Rhein. Da muß er Anna zum erstenmal begegnet sein.

Es gebe keinen Schlüssel zu diesem Koffer, habe ihre Mutter gesagt und sie davor gewarnt, ihn gewaltsam zu öffnen. Das bringe Unglück.

Die Bäuerin schenkte Most nach.

Wir haben uns daran gehalten, all die Jahre, Sie können es selber nachprüfen.

Wir schauten auf den Koffer, ich bemerkte, wie Vera unruhig wurde.

Vielleicht sei es wegen dieses Koffers gewesen, begann die Bäuerin wieder, daß der Aufenthalt des Paares in Erinnerung geblieben, ja immer wieder Anlaß gewesen sei, von den beiden zu erzählen, zu mutmaßen, was aus diesem seltsamen Liebespaar geworden sei.

Die Bäuerin atmete einen Augenblick tief durch.

Gewiß habe es immer wieder seltsame Gäste gegeben, hier im Ort, auffällige oder sonderbare Gestalten, gestört oder gar verkrümmt, verwirrt oder geknickt, was auch immer, weil die Gäste vor allem Pilger gewesen seien, aus dem nahen Elsaß oder aus der Innerschweiz, besonders aus Einsiedeln, wo es ja auch eine Schwarze Madonna gebe, manchmal aber auch von weit her, etwa aus Tschenstochau oder Wilna, wo sich ebenfalls Schwarze Madonnen befänden. Seit einiger Zeit kämen jedenfalls auffällig viele Polen vorbei, gläubige Wallfahrer, das sehe man. Letztes Jahr sei sogar eine Gruppe aus Litauen dagewesen, aus Wilna eben.

Nun sei sie abgeschweift, begann die Bäuerin wieder, Gäste, auch im Kurhaus drüben, hätten immer mal wieder etwas vergessen, einen Hut, einen Mantel, ein Necessaire, ein Parfum, Pyjamas, vor allem Pyjamas, ein Unter- oder ein Oberteil, meist das Unterteil, vor allem bei Ehepaaren sei das der Fall. Alle diese Sachen seien auf dem Dachboden, ihre Mutter habe sie mit Zettel und Jahrgang versehen, ein kleines Museum vergessener Reiseutensilien.

Ein ganzer Koffer, wie dieser hier, das sei selten. Wegen dieses Koffers habe man von diesen zwei Menschen immer wieder erzählt –

Sie waren im Spätsommer gekommen, es muß schon August gewesen sein, jedenfalls nach dem Höhenfeuer und nach der großen Sommerprozession.

Sie saßen erschöpft da, auf dem großen Platz vor dem

Klostereingang, jeder mit einem Rucksack, jeder in einfacher Wanderkleidung. Ungewöhnlich war das nicht.

Nicht nur Pilger trafen hier ein, auch Fremde, die irgendwo Zuflucht suchten, während der Kriegszeit besonders, Flüchtlinge aus dem Elsaß, aus Süddeutschland, die im Kloster Schutz finden und nicht weiterziehen wollten.

Manche kamen bei Bauern unter, zogen nach einer Weile weiter. Das Gästehaus im Kloster war immer belegt, auch nach dem Krieg.

Die beiden aber, die da vor der Kirche saßen, das sah man gleich, waren keine Pilger und keine Flüchtlinge, sie hatte etwas anderes hergeführt. Ganz fremd waren sie offenbar nicht. Sie fragten am Abend im Gasthof nach einer gewissen Rosa. Diese arbeitete seit Jahren im Ort, im Sternenhaus drüben als Wirtschafterin, aber sie war in jenen Tagen nicht da. Der Mann erkundigte sich nach einem Kollegen aus der Zeit des Militärdienstes. Aber die Suche nach ihm blieb ebenfalls erfolglos. Noch spät in der Nacht sah man sie draußen auf dem Klosterplatz, aneinandergelehnt.

Ein Liebespaar, das war allen klar. So ausgesetzt wirkten sie, verloren, hilflos. Vielleicht flog ihnen deshalb von allem Anfang an die Sympathie der Leute zu, vielleicht auch wegen der scheuen Zärtlichkeit, mit der sie miteinander umgingen. Unauffällig, aber liebevoll kümmerte sich der Mann um die Frau, breitete eine Zeitung aus, damit sie nicht auf dem Stein sitze, legte seine Jacke über ihre Schultern.

Am anderen Morgen standen sie wieder auf dem Platz, die Mutter der Bäuerin brachte ihnen Frühstück, Milch, Brot, Butter. Der Mann bot sich für Arbeiten auf dem Hof an, die Frau fand eine Bekannte von Rosa und konnte fürs erste im Sternenhof aushelfen.

Die Nächte verbrachten sie auf dem Hof, zuerst im Heu, doch schon nach wenigen Tagen konnten sie das Stübchen unter dem Dach beziehen. Eigentlich gehörten sie, von allem Anfang an, dazu, obwohl die Einheimischen, trotz der Pilgertradition, eher zurückhaltend waren Fremden gegenüber, besonders in dieser Grenzregion, wo sich neben den Flüchtlingen auch dubiose Gestalten, Schmuggler und Schlepper, herumtrieben. Aber diesem Paar mißtraute man nicht, obwohl man ahnte, daß sie kein Ehepaar waren, sondern Flüchtige, die hatten aufbrechen müssen, warum auch immer.

Der Mann fand auf dem Rotberg eine Anstellung als Bauerngehilfe. Er wußte Bescheid mit dem Vieh und mit der Aussaat, und er machte sich rasch einen Namen als Schlachter. Das gefiel den Einheimischen, einer, der zugreift und anpackt, ohne viel Aufhebens zu machen. Bald holten die beiden auch ihr restliches Gepäck, das wohl irgendwo untergebracht war.

Aufgefallen seien sie schon, als Paar, habe ihre Mutter erzählt, auch durch die Lebensfreude, die sie ausgestrahlt hätten, immer freundlich, beinahe übermütig seien sie gewesen; eine Heiterkeit sei von ihnen ausgegangen, die auch andere angesteckt habe. Und in der Kirchgemeinde hätten sie mitgearbeitet, bei keiner Prozession gefehlt.

So möchte sie auch einmal leben, habe ihre Mutter damals, als Mädchen, gedacht, so auf den Händen getragen werden von einem Mann.

Fast an jedem Wochenende brachen die zu Wanderungen auf, mit dem Rucksack, auf alle Hügel der Umgebung, über den Blauen, durchs Chaltbrunnental nach Himmelried, bis hinauf ins Delsberger Becken und hinüber ins Elsaß. Und bei der Heimkehr am Abend berichteten sie dann, drüben in der Gaststube, über das, was sie erlebt hatten.

Während die Bäuerin erzählte, dachte ich daran, wie wir damals den Vater in Schnee und Eis gewähnt hatten, ihn halb erfroren über Geröllhalden kollern und in Gletscherspalten fallen sahen. Er war hier gewesen, war an der Hand einer Geliebten übers Feld gegangen. Und ich hatte manche Nacht vergeblich auf den Kiesweg und auf den Hof hinuntergespäht, auf Geräusche gelauscht, um die heimliche Rückkehr des Vaters nicht zu verpassen.

Sie arbeiteten auch mit, fuhr die Bäuerin fort, bei den Vorbereitungen zum herbstlichen Bittgang am Kreuzesfest im September. Anna flocht Blumenkränze für den Schmuck des Gnadenbildes. Und sie setzte sich besonders für das jährlich stattfindende St.-Anna-Fest ein.

Am Ende werden sie noch heilig gesprochen, warf ich ein, und bekommen eine Ehrenkapelle im Fels, die Anna-und-Robert-Kapelle, einen Schrein für große Liebende oder ein Ehrengrab in der Krypta.

Die Bäuerin ließ sich nicht beirren.

Eigentlich dachten alle, die beiden würden für immer bleiben, der Mann würde einen Hof übernehmen oder ein Restaurant, vielleicht auch die Käserei oder einen Schlachtbetrieb. Denn er erwies sich als tüchtig in diesen Dingen, einer, der in der Landwirtschaft Bescheid wußte. Manch ein Bauer fragte ihn um Rat, wenn er nicht sicher war, was er tun mußte.

Die Bäuerin stand auf, trat nahe an den Koffer heran und sah zu uns herüber.

Aber dann, es müsse schon Spätherbst gewesen oder gegen Weihnachten gegangen sein, seien die beiden wie verwandelt gewesen, völlig unvermittelt; eine Ernsthaftigkeit, eine Verzweiflung habe in ihren Gesichtern gelegen, nichts mehr von dem Übermut, der heiteren Ausgelassenheit, die zuvor andere angesteckt habe. Die Frau, Anna, sei völlig verstört gewesen. Sie hätten kaum mehr gesprochen, aber sie hätten mitgeteilt, daß sie aufbrechen müßten, und zwar sofort.

Niemand habe damals etwas Genaues gewußt, nur von diesem Telegramm sei die Rede gewesen. Anna sei auch gleich abgereist. Der Mann, Robert, habe sie mit dem Fuhrwerk zur Postautostation gebracht. Alle im Dorf hätten Vermutungen angestellt. Robert habe nichts verraten, nicht mal dem Bauern, bei dem er gearbeitet habe und mit dem er befreundet gewesen sei.

Erst später, viel später, hörten sie, daß ein Unfall die beiden zurückgerufen hatte.

Ein Unfall, fragte ich entgeistert.

Vera legte mir die Hand aufs Knie.

Ich erklär's dir dann.

Die Bäuerin schien unschlüssig, ob sie fortfahren sollte. Ich nickte ihr zu.

Natürlich fragte man sich erneut, was es mit diesen beiden auf sich hatte, woher sie gekommen waren. Denn darüber hatten sie in all den Monaten nie etwas verraten, auch wenn manchmal der eine oder andere im Dorf nachgefragt hatte und gern dem Geheimnis auf die Spur gekommen wäre.

Beide waren den Fragen ausgewichen. Gerüchte gab es schon.

Aber sie seien, habe ihre Mutter erzählt, jeweils rasch wieder verstummt, wohl einfach deshalb, weil man die beiden irgendwie gern mochte.

Ihre Mutter, sagte die Bäuerin, lernte bei Anna das Stricken, sie kannte besondere Strickmuster und beherrschte auch das Klöppeln; besonders ein Klöppelmuster, der *Pagodengrund*, rief Bewunderung hervor, wurde nachgeahmt und zum Markenzeichen hier im Dorf. Sie brachte vielen Frauen das Klöppeln bei, sie kannte die Schläge, auch die schwierigen, *Leinenschlag* und *Netzschlag*, sogar den *Jungferngrund*. Sie ließ auch unzählige Klöppelbriefe im Dorf zurück, eine ganze Schachtel voll. Meine Mutter gab aus Annas Klöppelbriefmotiven einige an meine Schwester und mich weiter. Und meine eigene Tochter kennt sie auch schon.

Die Bäuerin lachte jetzt, verwies mit Stolz auf die geklöppelten Spitzen ihrer Bluse.

Die Abreise der beiden kam für alle überraschend.

Man wollte es im Ort nicht glauben.

Anna war noch einmal zurückgekehrt, nach zwei oder drei Wochen, aber nur, um die Sachen zu packen und Abschied zu nehmen. Einen Koffer übergab sie der Bäuerin, mit der Bitte, ihn aufzubewahren. Für später.

Sie müßten gehen; sie würden wiederkommen eines Tages.

Das hatten sie mit Bestimmtheit gesagt.

Aber keiner im Dorf hatte sie je wiedergesehen.

14

Wir starrten alle drei auf den Koffer. Aus der Nähe waren außen Bruchstellen zu sehen, kleine Risse, Narben.

Sie könne kaum sagen, wie oft sie vor diesem Koffer gestanden, wie oft sie daran gedacht habe, ihn zu öffnen, schon in jungen Jahren, damals noch mit ihrer Mutter.

Die Bäuerin seufzte.

Wollen Sie ihn nicht öffnen?

Vera ließ ihre Hände über den Koffer gleiten, langsam, tastend.

Nicht jetzt, morgen oder übermorgen, ich muß mich erst an den Gedanken gewöhnen.

Ich auch, sagte ich.

Und die Zimmer?

Die Bäuerin sah uns erwartungsvoll an und wies nach oben. Draußen war es dunkel geworden.

Morgen, versprach ich.

Aber den Koffer!

Vera und ich blickten uns ratlos an, unschlüssig, als wüßten wir nicht so recht, ob wir dieses Erbe antreten sollten oder nicht.

Dann griffen wir, beide gleichzeitig, nach dem Koffer.

Wir werden Ihnen berichten.

Die Bäuerin verbarg ihre Enttäuschung nicht.

Der Koffer war nicht schwer, dennoch trugen wir ihn gemeinsam, Vera umklammerte den Griff von der rechten, ich von der linken Seite; es war mir unangenehm, daß sich unsere Hände dabei berührten. Im Hotel stellten wir den Koffer auf die Kommode und ließen ihn ungeöffnet.

Ich musterte ihn fast unablässig.

Rasch erfüllte sein Geruch das Zimmer, ein Staubgeruch, der alles umschwebte, das Bett, die Kommode, die Kleider, sich festsetzte in Haut und Haar.

Und was nun?

Vera fragte scheu.

Ich glaube, ich brauche jetzt ein Glas Wein und frische Luft.

Der große Platz vor der Kirche war leer, auch der Parkplatz. In den Fenstern des Viktualienmarktes brannte noch Licht.

Vielleicht kaufe ich mir doch noch eine Wallfahrtsfibel und ein Büßergewand.

Das würde dir gewiß stehen.

Vera lachte.

Wir setzten uns unter die Bäume, wir hörten das Marienglöcklein, das den Abend einläutete: *Ave Maria gratia plena Dominus.*

Die Wirtin brachte uns einen halben Roten.

Woran denkst du?

Das dürfte nicht schwer zu erraten sein.

Der Mond tauchte hinter der Klosterkirche auf.

Weißt du, begann ich zögernd, diesen Mann, der sich da im Dorf engagierte und obendrein den zärtlichen Liebhaber gab, den habe ich nicht gekannt.

Ich trank in hastigen Zügen.

Ich kenne auch den nicht, der deiner Mutter Briefe

geschrieben und ihnen obendrein Zeichnungen beigefügt hat, der euch besucht, mit dir gespielt und dir Schmuck geschenkt haben soll.

Ich schenkte Wein nach. Vera blickte Richtung Kirche auf den Mond.

Je mehr ich höre und erfahre von dem, was dieser Mann lebte, desto mehr zweifle ich daran, daß er mit jener Person, die als »mein Vater« mit uns lebte, etwas zu tun hat.

Vera schaute intensiv auf den Mond, er warf ein weißliches Licht auf die Fassade und die kleinen Statuen, die den Vorplatz der Kirche umgaben, jede mit einer Inschrift: Treue, Demut, Hoffnung, Nächstenliebe, Mäßigung, Bescheidenheit. Ihre Anwesenheit tröstete mich.

Ich trank und wollte rasch weiterreden, doch Vera fiel mir ins Wort.

Amo, volo ut sis. Was heißt das, fragte sie.

Ich liebe dich, ich will, daß du bist.

Und der andere Satz?

Ich liebe das Bild, das ich von dir habe, *non enim amas in illa quod est; sed quod vis ut sis.*

Und wie willst du lieben, ohne dir ein Bild vom andern zu machen? Willst du bloß auf Distanz lieben, geistig-platonisch?

Warum nicht?

Vera streifte ihr Haar zurück.

Ohne mich; mein Begehren ist irdisch und fleischlich, ich bin keine Puppe.

Ich wollte nachschenken, die Flasche war leer.

Die Halbliterflaschen werden immer kleiner, klagte ich.

Für einen Augenblick sahen wir beide gemeinsam auf den Mond.

Die Liebe bestimmt uns immer neu.

Veras Stimme klang beschwingt.

Und endet mit Schrecken, triumphierte ich.

Vera sah mich fragend an.

Da drüben, ich deutete auf die Statuetten, hinter den Tugenden, da lauern die Laster, Hoffart, Untreue, Girischeit, und am Ende der Schrecken im ganzen Land.

Vera schmunzelte.

Seien wir also *girisch*.

Ich starrte auf mein Glas und rief noch einmal nach der Wirtin.

Der Mond stand über der Kirche vor dem blauschwarzen Himmel und schien zu wachsen.

Die Wirtin schenkte nach, Vera sprach weiter.

Vielleicht haben dein Vater und meine Mutter in den wenigen Wochen, in denen sie hier waren, das leben können, was ihnen entsprach. Darüber müßten wir uns eigentlich freuen.

Ich setzte mein Glas ab und deutete auf den Schein des Mondes hin, der eine schmale Spur über das Kloster und den Vorplatz zeichnete, weit ins Feld hinaus. Vera sah mich belustigt an.

Ich habe gewußt, lachte sie, daß einer von uns auf den Mond weisen würde; ich hoffte, daß du es sein würdest.

Und das soll mich versöhnlich stimmen?

Das nicht, aber vielleicht hilft es dir, endlich anzunehmen, was ist.

Kaum hatten wir das Zimmer betreten, stieg mir dieser Staubgeruch in die Nase, eindringlich.

Das Vergangene riecht schlecht, stichelte ich.

Der Koffer kam mir wie ein großes Auge vor, das imstande war, den hintersten Winkel zu beobachten, oder wie eine Membran, die das kleinste Geräusch wahrnehmen konnte. Ich fühlte mich belauscht und beobachtet.

Ich öffnete das Fenster.

Was tun wir bloß mit diesem Koffer?

Öffnen, forderte Vera, öffnen wir ihn doch.

Ich hob die Hände, ergriff den Koffer und zuckte zusammen.

Vera lehnte sich mit dem Rücken ans Fenster und schaute mir belustigt zu.

Du fürchtest dich vor dem Inhalt eines Koffers?

Vielleicht finden wir das Skelett eines Säuglings, eine Waffe, eine unbeglichene Schuld.

Und wenn schon.

Vera zog sich aus, legte sich aufs Bett.

Ich sperrte den Koffer in den Schrank und schloß ab.

Komm schon ins Bett.

Aufforderung zur Geschwisterliebe?

Ich sagte es spöttisch.

Zier dich bloß nicht.

Vera hob leicht das Bein.

Vielleicht sind wir weder Geschwister noch Halbgeschwister, sondern irgendein Paar, das es zufällig in eine ferne Gegend verschlagen hat und das sich nun auf durchgelegenen Matratzen notdürftig liebt.

Stimmt, grinste ich und strich ihr zu meiner eigenen Überraschung mit der Hand über ihren Bauch.

Wie Isabelle, damals, wir durften sie nur berühren, nichts weiter.

Wer war Isabelle?

Ich lernte sie kennen, als mein Vater bei deiner Mutter war, das war meine persönliche Bergtour, viel Eis und wenig Licht.

Nur berühren?

Wir waren knapp dreizehn, Edgar und ich, wir wollten sie beide.

Ihr habt es nicht geschafft?

Nicht ganz. Zunächst wenigstens. Sie spielte mit uns und ließ uns dann doch nicht. Das war nach der Rückkehr des Vaters. Edgar und ich kriegten dann Streit … später gab es ein Nachspiel –

Deine erste Frau?

Die erste Ahnung von Frau wohl eher, die erste Möglichkeit.

Nun, komm endlich.

Sie zog mich an sich.

Während ich noch zögerte, fuhren ihre Hände über meine Schultern, grub sie ihre Nägel in meine Haut, bis ich aufstöhnte, mich fallenließ. Ich preßte mich gegen sie, sie drückte ihre Knie gegen meinen Bauch, während ich in sie einzudringen suchte, ein Wütender gegen eine Wütende, die sich wehrte und wand und ihrerseits schlug; zwei Rasende, die anrannten gegen etwas, das im andern war, irgendwo, nicht zu fassen, nicht zu greifen, auch mit diesen Händen nicht, die sich festklammerten, hart und entschieden, zwei mit roten Köpfen, schweißtriefende Ringkämpfer, verbissen, verkrallt.

Ein Nachtvogel schrie.

Wir sahen uns an, entsetzt, entgeistert, zwei Ertappte.

Verzeih, flüsterte ich.

Du auch, entgegnete sie, hob, nach einem Zögern, die Arme.

Nun, komm.

Ich ließ mich in ihre Arme gleiten, sanft diesmal, leicht.

Draußen schlugen die Glocken eine späte Stunde im Schwarzbubenland.

Jetzt können wir wohl endlich den Koffer öffnen, flüsterte Vera in mein Ohr, als ich erwachte.

Nun liegt alles offen, meinst du wohl, auch wir beide, aufgeschlagen wie ein Buch.

Spotte nicht.

Vera legte ihr Bein über meinen Bauch.

Du hast schöne Brüste, sagte ich, wie um dieses Morgengespinst abzuwehren, eine Mischung aus Leere und Ratlosigkeit, die mit dem Frühlicht sich ins Zimmer senkte, eine fahlgelbe Traurigkeit, die über die Haut glitt, das Laken einfärbte, mich die Augen wieder schließen ließ.

Vera nahm das Bein von meinem Bauch und stand auf.

Sie holte den Koffer aus dem Schrank und stellte ihn aufs Bett. Mit einem Taschenmesser öffnete sie gewaltsam die Verschlüsse, die Beschläge des Schlosses sprangen auf.

Schau mal diese Risse, der war schon geöffnet.

Hab ich mir gedacht.

Ich hob den Deckel. Vera schob das Tuch, das obendrauf lag, beiseite.

Kleider.

Vera zog einen schwarzen Unterrock heraus, eine Bluse, Unterwäsche.

Wir blickten gemeinsam auf die Sachen: gestrickte Handschuhe, Socken des Vaters. Ein Lippenstift. Ein paar Fotos: von ihm, von ihr, ein paar wenige von ihnen beiden. Schwarze Strümpfe. Eine Porzellandose mit zwei Ohrringen. Ein Morgenmantel.

Noch ein Liebesarchiv, stöhnte ich.

Vera liefen Tränen über das Gesicht.

Es fand sich auch das Foto, an das ich mich immer erinnert hatte, die Frau, die Anna war, mein Vater, und dann dieser Mann, der mit seiner Hand die Schulter der Frau umklammerte, als suche er Halt.

Ist das dein Vater?

Das ist er.

Wer hat dieses Foto gemacht?

Vera hielt es vor ihr Gesicht. Sie kannte es nicht. Sie hatte es nie gesehen.

Ich kenne es, es lag im Sekretär meines Vaters. Schau, da sind doch alle drei, dein Vater, mein Vater, deine Mutter; fehlt nur meine Mutter.

Vera schüttelte den Kopf.

Diesmal war der Eifer auf meiner Seite. Erst jetzt drehte ich die Fotografie um: Kirchweihfest 1949, Oberthalheim.

Sie haben sich also auch getroffen, als beide schon verheiratet waren.

Scheint so.

1949, ein Jahr nach Michaels Geburt.

Und ein Jahr vor meiner Geburt.

Der Kontakt war also nie abgebrochen?

Scheint so.

Vera nahm eine mit den Blüten von Holunder, Rosmarin, Kamille, Minze und Nachtviole bemalte Blechschachtel für Brockendorffs Brust-Rachen-Caramellen aus dem Koffer. Ich erinnerte mich an den Geschmack der Pastillen, der leicht säuerlich war und etwas bitter im Abgang, eine Mischung aus Heilkräutern, Minze und Menthol, meine erste Hartcaramelle und mit ihrem Geschmack die Erinnerung an einen Morgen nach dem Krieg, an der Hand des Vaters.

Das Bündel mit Papieren lag ganz unten. Karten, Briefe, ein paar Zeitungsartikel aus dem Jahre 1954, Kalenderzettel, dann das Telegramm, mit einem Blumenmuster unten und oben am Blatt. Der Satz war kurz: *Dario wird vermißt. Komm zurück. Dringend. Gertrud.*

Warum hatte sie nicht angerufen?

Vera weinte.

Ich zögerte, legte meinen Arm um sie.

Wir hielten uns aneinander fest.

Irgendwann sprach Vera in die Stille, flüsternd.

Mein Vater starb, als meine Mutter und dein Vater hier an diesem Ort waren. Dario war sein Name, Dario Bassi.

Wir nahmen den Weg übers freie Feld, magere Wiesen, Äcker, vor uns ein Wäldchen, Farne, Hecken.

Da liegt der letzte Zipfel Schweiz, Schwarzbubenland, dunkle Erde der Gaukler und Schmuggler.

Vera lachte jetzt, schwarze Buben eben, mit Schnurr- und Backenbart.

Sündige Erde also, paßt ja gut, sicher gibt's einen Schmortopf für Ehebrecher und Inzestuöse.

Und das Mirakelbuch des Klosters verzeichnet Heilungen und Bekehrungen: durch die Fürbitte der Madonna sind Lügner und Sünder der Fleischeslust begnadigt worden, sofern sie Buße taten.

Vera sah mich belustigt an.

Das steht dir frei, du kannst auch einen Ablaß leisten oder einen Bittgang tun.

Vera, ich bitte dich.

Die Erde dampfte, Bodennebel; über dem Hügel, hell in der Sonne, das Gemäuer von Schloß Rotberg. Vera schritt rasch voran, sie trug das Haar hochgesteckt.

Warum sind sie damals zurückgekehrt, zurück in ein Leben, in dem sie nicht Ankunft finden, nicht glücklich werden konnten? Sie hätten doch hierbleiben können, sie hätten eine Pension aufgetan oder wären in den Devotionalienhandel eingestiegen, was auch immer, alles wäre besser gewesen als die Rückkehr in ein falsches Leben.

Vera war stehengeblieben.

Du weißt wirklich nicht, was damals geschehen ist, bis heute nicht?

Wie sollte ich?

Und deine Mutter?

Sie hat nie etwas gesagt.

Raben kreisten über dem Feld, ein Storch flatterte auf.

Wie war die Rückkehr deines Vaters, erzähl schon, ich bin neugierig und steh dazu.

Schon fast banal, Vera, kein Streit, kein Türenschlagen, eines Tages war der Vater wieder da, war da, als ich aus der Schule zurückkehrte. Er begrüßte mich, knapp und beiläufig, als wäre er nur gerade von der Arbeit gekommen. Wir sprachen uns nicht aus. Es gab keine Vorwürfe, keine Auseinandersetzungen, kein Toben und Schreien. Nur Schweigen. Weiterleben. Durchkommen. Probleme gab's überall.

Nur einmal, es muß Tage oder Wochen nach Vaters Rückkehr gewesen sein, hörte ich aus dem Elternschlafzimmer die Stimmen lauter als sonst, aber noch immer gedämpft. Es war die Mutter, die von Leichen im Schrank sprach, so glaubte ich es zu hören. Einige Tage später fragte ich die Mutter, was sie gemeint habe. Erst schwieg sie, tat es dann als bloße Redensart ab und ging nicht mehr darauf ein.

Was hätte ich wissen können?

Ich war froh, daß wir zur Tagesordnung übergingen. Nur Michael blieb störrisch. Er malte wieder, schwarze Blätter, auf die er mit weißer Farbe Fragewörter malte: Wo? Mit wem? Warum bist du wieder da?

Eines Tages legte er alle im Korridor aus, eine Reihe schwarzer Blätter, dick bemalt, voller Fragezeichen.

Die Antwort auf seine Fragen blieb aus. Du siehst, Vera, nicht mal mit zertrümmertem Mobiliar kann ich dienen, auch nicht mit aus Wut auf dem Boden zerschlagenem Geschirr oder an die Wände geknallten Eiern; es war nichts als ein banales Weiterleben.

Vera stand an einen Baum gelehnt, sie schaute an mir vorbei, als folgte sie dem Kreisen der Raben. Dann wandte sie sich an mich.

Die Erzählungen der Bäuerin, der Koffer, all diese

Zeichen und Spuren – ich weiß nicht mehr, ob es gut war, dem nachzugehen.

Vera wirkte nachdenklich, erzählte dann.

Auch sie hatte mit einer anderen Wahrheit gelebt, damals, die Mutter war zur Kur, Tante Gertrud kam ins Haus, der Vater war da. Sie war noch klein, sie hatte die Mutter am Telefon gehört, meist am Sonntag, vielleicht jeden zweiten Sonntag.

Vera sprach langsam.

Erst im Herbst wurde alles anders: das plötzliche Verschwinden ihres Vaters, die Rückkehr der Mutter.

Wir schritten weiter, erreichten bald das Wäldchen. Ein steiler Weg führte hinunter in das kleine Grenzdorf, dessen Häuser weit verstreut lagen, vor einer Ebene im fahlen Gelb eines verbrannten Sommers, der im Spätnachmittagsdunst ausfranste, im leichten Wind sich verlor.

Auch mein Vater, fing Vera wieder an, war plötzlich weg, aber er kam nie wieder, verstehst du, nie wieder. Meine Mutter kehrte zurück, das muß vor Weihnachten gewesen sein, Weihnachten 1954, und der, der uns gelegentlich besuchte, immer nur kurz, und eines Tages ebenfalls ausblieb, der erwies sich später als jener, der als dein Vater gilt. Aber meine Mutter sagte mir früh die Wahrheit, wenigstens das.

Vera machte ein paar Schritte von mir weg.

Wir setzten uns auf einen der Stämme.

Und dein Vater, fragte Vera.

Welchen meinst du? Der, den ich meinen Vater genannt habe und der vielleicht auch dein Vater ist, der ist vor Jahren gestorben. Das weißt du ja.

Aber es gibt noch einen anderen, der genausogut mein Vater gewesen sein könnte.

Einen anderen?

Ich erzählte ihr von Simon, der aus Lemsal gekommen war, achtunddreißig, aus einer jüdischen Familie, erst geduldet, dann angefeindet. Internierungslager. Flucht nach Vichy-Frankreich. Ein Brief noch, dann nichts mehr.

Verschollen, hatte die Mutter gesagt und geweint. Die Heirat. Der Alltag. Die Gewöhnung. Und immer die Geduld. So betreute sie auch den zurückgekehrten Mann, bis zu seinem Tod, ergeben und pflichtbewußt, ausdauernd und aufopfernd, mit den Tugenden, die vor der Kirche in Stein gehauen stehen: Treue, Demut. Vera nahm meine Hand.

Manchmal frage ich mich, sagte ich, wohin ich gehöre. Gehöre ich irgendwohin? Hinauf nach Lemsal? Oder in das schmale Tal zwischen den Hügelzügen, in dieses kleine Dorf mit zwei Fabriken, eine für Schuhe, die andere für Berufskleider, mit Bauernhöfen, hohen Getreidefeldern im Sommer, Kuhweiden im Herbst, dem Fluß, von Bäumen gesäumt, und dem bewaldeten Buckel einer Moräne am Dorfausgang? Landschaft einer Kindheit, die vorzeitig zu Ende gegangen ist, von der nur Splitter geblieben sind: die frühen Gänge mit dem Vater in die Kiesgrube, wo der bleichgelbe Schotter herunterrieselte, in den Tümpeln die orangeroten Bäuche der Molche, das Glitschen der Roßköpfe, der Vater, der beim Einfangen half; die Jahrmarktbummel mit der Mutter und Michi, der sich im Zuckerwattewolkenchaos verlor; die ersten Minzecaramellen auf der Zunge und die Sultaninenkarawanen in der Maisschublade hinter dem Ladenkorpus; das Schlittschuhlaufen auf dem gefrorenen Dorfteich mit dem vor Freude schreienden Michi; das heimliche Eindringen ins Dorfkino »Lichtspiel« während der Pause, wenn die Türen kurz geöffnet wurden; Spaziergänge mit Vater und Michi am Fluß entlang, wo der Kleine nach den schillernd bunten Fischen griff ...

So blitzen die Augenblicke auf, grell und blendend, heben sich ab vom Dämmerdunkel jenes Sommers, im dem dies alles zu Ende ging, jäh und unwiederbringlich: der Sommer, in welchem der Vater einer Geliebten folgte und uns, die Mutter und mich und den kleinen Michi, allein zurückließ, der Sommer, in welchem Edgar und ich in Isabelle verliebt waren; der Sommer in jenem Jahr, in welchem sich der Mond vor die Sonne schob und im Fluß ein Toter gefunden wurde; das Jahr, in welchem Michi endgültig ins Heim mußte und wir Weihnachten ohne den Vater feierten, das Jahr, in welchem meine Kindheit endete.

Alles davor war früher, war Kindheit, alles danach war anders: zuerst das Warten und Wachen auf einen Vater, das Horchen auf Schritte im Hof, Nächte ohne Schlaf. Und später das Leben mit einem, der zurückkehrte und nicht mehr ankam, kein Vater mehr war, sondern ein Gast, ein Kranker. Die Stille im Haus, das Schlurfen und Schweigen, das Hecheln und Husten, der Geruch von Jod ...

Das Warten auf etwas, das kommen würde.

Etwas, das fehlt.

Etwas, das vorwärtstreibt.

Vera wandte sich mir zu.

Sehnsucht, meinst du?

Ich erschrak, tat, als hätte ich nicht richtig gehört.

Ich meinte bloß, sagte Vera leise.

Nenn es, wie du willst. Perioden von Glück sind ohnehin leere Seiten im Buch der Geschichte.

Vera stampfte leicht mit den Füßen auf.

So nicht, ich bitte dich.

Ich nickte.

Ich nahm Vera bei der Hand. Wir traten in den Friedhof ein, streiften zwischen den Gräbern umher, blieben stehen, lasen einen Namen, schlenderten weiter.

Der Friedhof hatte etwas Ungeordnetes, die Gräber standen kreuz und quer, einige mit Natursteinen, andere mit einfachen Bronzeplatten, hohe Bäume dazwischen, der Weg ein Schlängelpfad. Nur Namen, fremde.

Wenigstens haben die Toten ihre Ruhe.

Laß das.

Vera sah mich verletzt an.

Das war kein Scherz.

Wenn ich an meinen Vater denke –

Auf dem Schindanger findet man keine Ruhe, eine Wasserleiche schon gar nicht –

Auf dem Schindanger?

Du weißt es wirklich nicht?

Mein Vater ist nicht gestorben, er hat sich umgebracht –

Vera –

Ins Wasser gegangen, sagte man damals. Untergegangen im Suff, ertrunken und flußabwärts getrieben, tagelang, bis er gefunden und geborgen wurde, eine Wasserleiche –

15

Vom Toten im Fluß hatten damals im Dorf viele gesprochen. Edgar hatte von der Kälte des Wassers erzählt, den Nebelschwaden über dem Kopf des Toten. Er war dort gewesen, es war die vierte Leiche in seinem Leben, damit hatte er immer wieder geprahlt. Edgar hatte die Hand des Toten gesehen, die aus dem Wurzelwerk herausragte, die bleiche Haut. Auch Michael mußte davon gehört haben; auf einer seiner schwarzen Zeichnungen erschien diese Hand, weiß, schneeweiß, verkrallt in das Wurzelwerk des Baumes, kaum zu erkennen, da die Wurzeln so weiß gemalt waren wie die Hand.

Hätte ich wissen oder ahnen können, wer dieser Tote war, damals, oder später? Im Dorf, in der Schule, im Laden meiner Mutter wurde von diesem Toten gesprochen. Stimmen, Sätze, die ich aufschnappte; ein Fremder sei von weit her angeschwemmt worden, hieß es, tagelang habe er im Wasser gelegen. Aus dem Luzernischen stamme er, dort habe man einen vermißt, einen Sänger des Männerchors. Aber dort sei keiner auf die Idee gekommen, daß der Fluß eine Leiche so weit hinuntertragen könne, bis ins Aargauische; vom Luzernischen ins Mittelland. Man habe im See gesucht, sogar mit Tauchern. Tagelang. Aber nirgends sei eine Leiche zu finden gewesen. Da habe man angenommen, der Chorbruder habe sich davongemacht, über die Grenze, ein südlicher Typ sei er ohnehin gewesen, ein guter

Sänger. Dazu äußerte sich, glaube ich, unser Nachbar, Widmer, der selber einen Chor leitete, bedauerlich, daß ausgerechnet ein Sänger plötzlich verschwinden mußte; nach der Chorprobe und nach dem Trinken am Stammtisch, wo man immer die vom Singen ausgetrockneten Kehlen mit Bier begossen habe. Große Sänger seien eben auch große Trinker, sagte Widmer. Nach Mitternacht habe man sich wohl auf den Heimweg gemacht, singend, bis dann jeder in seine Richtung weitergegangen sei; vielleicht sei der Mann, dieser Bazzi oder Basser eben, gestolpert und in den See gefallen, den Sempacher See, oder in den Fluß, die Suhre, die talabwärts fließt.

Auch die Ufer seien abgesucht worden, vor dem Seebecken, später auch flußabwärts, bis zum ersten Wehr, weiter komme einer nicht, normalerweise.

Dieser war weitergekommen.

Das hatte schließlich die Anfrage bei einer Wahrsagerin aus dem Allgäu ergeben. Man hatte sie telefonisch konsultiert, sie sah, indem sie eine Landkarte auspendelte, den Mann im Wasser; unter Bäumen, behauptete sie, und verlangte ein Honorar. Am Fluß entlang gab es viele Bäume, man suchte den ganzen Fluß ab, auch die Nebenflüsse, vom Luzernischen bis an den Jura. Nach Tagen wurde eine Leiche gefunden, in bedauernswertem Zustand, zu lange hatte sie im Wasser gelegen.

Und ausgerechnet oberhalb unseres Dorfes war sie entdeckt worden, im Wurzelwerk unter den Bäumen. Keine schöne Leiche, sagte Widmer, der werde, falls es der vermißte Sänger sei, jedenfalls nie mehr singen, sehe keine Röslein mehr auf der Heiden und keinen Brunnen vor dem Tore. Diesem Toten sei das Singen ordentlich vergangen, frotzelte Widmer, nicht ohne

Häme, weil sein evangelischer Kirchenchor seit Jahren Schwierigkeiten hatte, Sängerinnen und Sänger zu finden, die bereit waren, auch mal am Sonntagmorgen im Frühgottesdienst zu singen, im Gegensatz zu den katholischen Chören im Luzernischen. Vielleicht beschrieb Widmer deshalb allen den Zustand der Leiche so genau; voller Schürfwunden, ereiferte er sich, schwierig zu identifizieren.

Was war in der Mutter vorgegangen bei solchen Reden? Was wußte sie?

Von diesem Toten habe ich gehört, Vera, damals, auch den Namen, der südlich klang, Bezzi oder Buzzi oder ähnlich, aber gewiß nicht Altmann. Diesen Namen hätte ich behalten können. Und warum im Luzernischen, ihr habt doch am Rhein gewohnt, sagtest du, an der Grenze?

Hätte ich mehr wissen können? Hatte die Mutter mit allen Mitteln verhindert, daß ich etwas erfuhr?

Was haben die Leute im Dorf und im Quartier gewußt? Hatte keiner geahnt, mit wem mein Vater fortgegangen war? Tante Julie vielleicht, die immer alles wußte? War sie deshalb so unversöhnlich dem Vater gegenüber?

Und du, Vera, was hast du gewußt? Wo treffen sich unsere Erinnerungen?

Vera hatte mich reden lassen, ihr Gesicht verriet nichts.

Sie sei in diesem Jahr kaum fünf gewesen, vieles habe sie gehört, zu verschiedenen Zeiten, durch verschiedene Personen, durch Tante Gertrud, die oft im Haus gewesen sei, auch die Mutter habe später erzählt, und irgendwann sei ein Bild entstanden, schwer zu sagen, was der eigenen Erinnerung zu verdanken, was erzählt sei.

Vera musterte mich.

Ist nicht alles Erinnerte ein später Erzähltes?

Was ist noch da an Eigenem?

Die Mutter war fort, zur Kur in den Bergen, man konnte sie nicht besuchen, aber Tante Gertrud war im Haus, der Vater da, die Mutter hatte regelmäßig angerufen und versichert, sie werde wiederkommen.

An einem Morgen erschien der Vater nicht zum Frühstück, seine große Tasse für den Milchkaffee stand auf dem Tisch, das Besteck lag bereit, wie immer.

Mach dir keine Sorgen, hatte Tante Gertrud das Kind beruhigt, er mußte bestimmt früh weg und kommt am Abend, wir gehen zusammen zum See, nimm du das Brot für die Schwäne.

So hatte die Tante geredet, ganz genau wußte Vera es nicht mehr. Aber daß sie am See waren an diesem Tag, daran erinnerte sie sich, ein kalter Tag, mit dichtem Nebel überm Wasser. Der Vater kam am Abend nicht. Und auch nicht am folgenden Tag, die ganze Woche nicht. Nun war auch der Vater fort, sie blieb allein mit der Tante. Und Männer fanden sich ein, die Fragen stellten.

Der Vater komme schon wieder, beschwichtigte die Tante sie.

Dann traf die Mutter ein, unvermittelt, war wieder da, zurück aus der Kur in den Bergen. Auch der Vater werde wiederkommen, tröstete die Tante.

An das Klingeln an der Haustür, eines Tages, ein oder

zwei Wochen später, konnte sie sich gut erinnern, das Gesicht von Tante Gertrud, als sie zurück ins Zimmer kam und in heftiges Schluchzen ausbrach, die Mutter umarmte, dann sie. Und nicht mehr zu weinen aufhören konnte.

Einmal dann der Satz: Dein Vater kommt nie wieder.

Warum?

Du bist zu klein, das verstehst du nicht, ich erkläre es dir später.

Die Mutter fuhr noch einmal weg, nur kurz, für ein paar Tage.

Vera machte eine Pause.

Es muß die Rückkehr ins Schwarzbubenland gewesen sein, aufräumen, Koffer packen, Abschied nehmen, von der Liebe, von den Illusionen, von einem anderen Leben.

Vera sagte es beiläufig.

Die Mutter kehrte vor Weihnachten zurück. Das wußte sie noch, sie erinnerte sich, wie sie und die Mutter allein vor dem Baum saßen, eine hohe Tanne, die bis an die Decke reichte, nur weiße Kerzen, kein Weihnachtsschmuck sonst.

Erst Jahre später hatte die Mutter ausführlich geschildert, was in diesen Wochen geschehen und vor ihr, dem Kind, verborgen geblieben war: die Verhöre durch die Polizei, der Körper des Vaters im gerichtsmedizinischen Institut, dieser schreckliche Anblick; und im Dorf das Tuscheln der Leute, die abweisende Haltung der Nachbarn.

Das hatte Anna erzählt.

Dann waren sie weggezogen, an den Rhein, in dieses

Haus, das die Schwester der Mutter für sie ausgesucht hatte. Hier hatte die Mutter auch wieder ihren Mädchennamen angenommen: Anna Altmann.

Ein neues Leben, hoffte sie.

Und dein Vater?

Vera fragte leise.

Mein Vater war nicht da zu Weihnachten, trotz Michaels Blättern, die ihn herbeizwingen wollten, eine Weihnacht ohne Vater, Schnee war auf den Kiesweg gefallen, auf den Hof, die Rampe. Aber keine Spur darin. Keine Vaterspur. Spuren gab es nur auf Michis Blättern, die damals weiß waren, die Vogelspur darin: Kommt.

Doch kein Vater kam, dafür Tante Julie mit Geschenken; ein Telefon, das erst klingelte, dann rauschte; aber niemand gab Antwort.

Vielleicht hatte er versucht anzurufen und dann keine Worte gefunden.

Er kehrte erst im neuen Jahr, Ende Februar oder Anfang März, zu uns zurück, mitten am Tag, unbemerkt beinahe, war für uns Kinder am Abend da, setzte sich zu Tisch.

War er an Weihnachten bei euch, Vera?

Nein. Aber er kam in dieser Zeit, damals noch als der fremde Onkel, gelegentlich zu Besuch, vor Weihnachten, auch nach Weihnachten, insgesamt eher selten, soweit ich mich erinnere.

Heimlich und kleinlaut, das paßte zu ihm.

Sei nicht so streng.

Vera hatte wieder diesen zurechtweisenden Ton.

Er hatte, wie meine Mutter mir später erzählte, noch ein paar Wochen in ihrer Nähe gewohnt, um ihr beizustehen; vielleicht hofften sie auf eine Wendung, einen Weg, der sich auftun, eine Möglichkeit, die sich ergeben würde. Aber sie hatten keine Chance. Die Gerüchte. Das Gerede. Die Verdächtigungen.

Vera sagte es mit Bestimmtheit.

Ich nickte.

Mein Vater kam zurück. Und wurde krank. Er war gescheitert, gescheitert als Bauer, als Ehemann und als Liebender.

Ich schwieg.

Wie hatten die Eltern all das, was geschehen war, vor uns, Michael und mir, geheimhalten können? Michael malte seine schwarzen Blätter. Er malte das Verhängnis, das wir spürten, jeder für sich, über das wir nie sprechen konnten. Er malte eine dunkle Wolke, die drohend über unserem Haus schwebte. Das Unheil war da, aber es bekam keinen Namen, blieb unausgesprochen.

Einmal, ich kam aus meinem Zimmer im ersten Stock, vernahm ich aus der Küche die Stimmen der Eltern. Sie sprachen von jemandem, von diesem »anderen«. Ich blieb im Treppenhaus stehen.

Vaters Stimme klang unwirsch.

Was soll das, hörte ich ihn.

Das müsse ihn doch interessieren, stichelte die Mutter, was mit dem gewesen sei.

Ich hörte, wie der Vater aufstand, die Tür öffnete und das Haus verließ. Die Mutter saß am Tisch und hielt ihren Kopf gesenkt. Ich blieb an der Schwelle zur Küchentür stehen.

Was ist?

Nichts ist.

Die Stimme der Mutter klang leise. Nie war etwas, wenn ich fragte.

Durch das große Fenster sah ich den Vater im Garten auf und ab gehen, er machte große Schritte, schien mit sich selber zu sprechen; er gestikulierte heftig, nickte, schritt weiter.

Die Mutter stützte den Kopf in die Hände, vor ihr auf dem Tisch standen zwei Gläser, mit Wasser gefüllt. Doch weder der Vater noch die Mutter schienen getrunken zu haben.

Ich musterte die Mutter schweigend.

Laß mich und geh auf dein Zimmer, befahl sie, ohne mich anzusehen.

Vater arbeitete weit in die Dämmerung hinein im Garten, später hörte ich ihn im Keller hantieren. Die Mutter brachte mir zwei Brote, wünschte mir gute Nacht und ging zu Bett, obwohl es noch früher Abend war. Als der Vater fort war, legte sie sich oft zu Bett, manchmal mitten am Tag, und schloß die Tür hinter sich. Als der Vater krank wurde und das Schlafzimmer zum Krankenzimmer, legte sie sich auf das Sofa im kleinen Zimmer neben der Küche. Ich war mir nie sicher, ob sie wirklich schlief. Sie atmete regelmäßig, hielt die Augen geschlossen. Weder Vater noch ich wagten es, die schlafende Mutter aufzuwecken, sie zu rufen oder sie um etwas zu bitten. Wir schlichen auf Zehenspitzen an dem kleinen Zimmer vorbei und machten auch in der Küche keinen Lärm.

Einige Wochen nach seiner Rückkehr fand der Vater eine Anstellung in einer Speditionsfirma und später in einem Betrieb für die Herstellung von medizinisch-diätetischen Produkten und Zuckerwaren. Dann kam die Krankheit. Sie entließ ihn nicht mehr.

Drei Jahre nach der Rückkehr des Vaters kamen Johanna und Elisabeth zur Welt.

Vera schaute auf.

Meine Mutter hatte nichts verheimlicht, auch nicht das Gefühl von Schuld.

Aber hat es mir geholfen?

16

Wir schauten uns das Liebesnest doch noch an. Die Bäuerin, noch immer enttäuscht, weil wir den Koffer nicht in ihrer Gegenwart geöffnet hatten, führte uns hinauf in die kleine Dachwohnung.

Sie sei im Laufe der Zeit kaum verändert worden, manchmal habe eines der Kinder hier gewohnt, manchmal Gäste, aber niemand habe sie je dauerhaft eingerichtet, im Moment stehe sie leer, falls wir eine Zeitlang da wohnen wollten, so stünde uns das frei.

Um Himmels willen, nein, wo denken Sie hin!

Die Bäuerin machte große Augen.

Schon gut, sagte ich.

Ich sah den Vater als jungen Mann vor mir, wie er mit Anna durch dieses Treppenhaus gegangen war, durch das auch wir nun gingen, sah, wie sie sich angeschaut, sich auf der Treppe geküßt, Zärtlichkeiten ausgetauscht hatten. Warum schmerzte mich das?

Das Zimmer unter dem Dach war klein, zwei Betten übereinander, ein kleiner Tisch, ein Stuhl, holzgetäfelte Wände.

Wir standen lange im Zimmer, bis ich ihn entdeckte: einen Silberrahmen mit einer seltsam ausschweifenden Form. Darin steckte eine Fotografie, fleckig braun, mit den für die damalige Zeit typischen leicht gezackten Rändern. Das Paar auf dem Bild wirkte vergnügt, die Gesichter entspannt, es schien, als unterdrückten sie ein Lachen, als hielten sie es verschämt zurück, um nicht zu übermütig, nicht ausgelassen zu wirken: Robert und Anna. Im selben Rahmen steckte eine aus einer Zeitung ausgeschnittene Kinoreklame: *Abend der Gaukler.*

Hatten sie den Film zusammen gesehen? Hieß die Frau im Film nicht Anna?

Auch Vera schaute auf das Bild. Ich war ihr dankbar, daß sie nichts sagte. Unsere Schultern berührten sich, ich hörte Vera atmen.

Die Bäuerin schwieg.

Ich blickte durch das schmale Fenster, folgte dem gelben Kiesweg, der hell schimmerte zwischen dem Grün der Wiesen.

In aller Eile mußten sie damals weggegangen sein; sie hatten die Sachen in die Rucksäcke gestopft und das, was verborgen bleiben sollte, in den Koffer gelegt und ihn zurückgelassen. Wer einen Koffer zurückläßt, kommt wieder.

Ich sah sie gehen, den Vater voran, den Rucksack auf dem Rücken und die graue Mütze auf dem Kopf, die er später, nach seiner Rückkehr, bei der Gartenarbeit trug. Sie hing nach seinem Tod noch jahrelang im Keller über dem Waschtrog, eine Mütze, welcher der Kopf abhanden gekommen war. Leicht hinter ihm, Anna, schleppend der Gang, der nicht zu einer jungen Frau passen wollte; auch sie trug einen Rucksack und hatte ein Kopftuch umgebunden.

Gingen sie langsam, zögernd, oder stelle ich mir das vor, weil es so in das Bild paßt, das ich mir von beiden mache?

Langsam hätten sie sich auf der Dorfstraße fortbewegt, hatte die Bäuerin erzählt, so langsam, als wollten sie gar nicht vorankommen, nicht fortgehen von diesem

Ort. Paßte es so in die Geschichte der Bäuerin, die wieder eine andere war?

Einige Dorfbewohner hätten sich aus dem Fenster gelehnt, andere hätten draußen vor den Häusern gestanden, ihre Blicke seien diesem Paar gefolgt. Weder Robert noch Anna habe sich umgedreht.

Lange habe es gedauert, bis die beiden Gestalten am Horizont verschwunden waren.

Die Bäuerin unterbrach sich, schaute aus dem Fenster in die Ferne.

Spätherbst, ein kalter Wind, der die Erde aufrauhte und frühen Schnee bringen würde, ein weißes Licht, das unablässig durch die Fluren strömte.

Einige Dorfbewohner haben dagestanden und gehofft, die beiden würden zurückkehren, fuhr die Bäuerin fort, vielleicht haben viele, auch meine Mutter, in der Liebe der beiden die eigenen Wünsche entdeckt.

Die Bäuerin schwieg jetzt.

Wir schenkten ihr die bemalte Blechschachtel aus Brockendorffs Süßwarenproduktion und legten statt der verklebten Caramellen die Ohrringe und eine Fotografie des Paares hinein.

Die Bäuerin bedankte sich; Vera und ich verabschiedeten uns.

Das ist doch verrückt, wandte ich mich an Vera, das ist vollkommen verrückt.

Findest du?

Vera wirkte jetzt gelassen.

Es gibt Menschen, die sehnen sich ein Leben lang und brechen nie auf, sehnen sich, bis das Sehnen selbst die Liebe ist. Oder bis sie an ihrem Sehnen zugrunde gehen. Das ist verrückt, nicht der Versuch, aufzubrechen.

Da bin ich nicht so sicher, sagte ich, vielleicht ist das Unerfüllte die wahre Erfüllung.

Vera stieß mich wütend an.

Nicht solche Sätze, ich bitte dich, nicht wieder diese Allerweltssätze.

Wir folgten dem Weg an der Klostermauer entlang.

Vera hakte sich unter.

Nicht mehr reden, ich bitte dich. Ich will mit dir schlafen, jetzt, die ganze Nacht.

Wir kehrten ins Hotel zurück. Morgen würden wir aufbrechen. Ich würde meine Schwestern besuchen, die Mutter, sehen, wie ich bei der Pflege helfen konnte.

An diesem Morgen fühlte ich zum erstenmal, seit wir uns kannten, so etwas wie eine Leichtigkeit. Auch Vera wirkte heiter. Vielleicht war es diese Leichtigkeit, die Vera ihren überraschenden Vorschlag machen ließ.

Lassen wir die Koffer, unser Gepäck und den Wagen vorerst da, und gehen wir zu Fuß den Weg, den sie damals gegangen sind, mit dem, was wir tragen können.

Wir traten auf die Straße, die sich im Grün des Wiesenlandes verlor; hoch überm Wald schimmerten die Mauern der Burg Rotberg, in den Bäumen fing sich ein klares, helles Morgenlicht, eine Vogelschar kreiste über dem Kloster –

Sie gehen, noch immer langsam, sehr nah beieinander. Manchmal faßt er sie am Oberarm, sehr sachte.

Sie bleiben stehen, sie küßt ihn.

Warum können wir nicht bleiben, fragt sie, hierbleiben für immer?

Er schaut in die Ferne.
Du weißt es.
Sie nickt.
Sie gehen weiter, blicken nicht mehr zurück.

17

Wo trennen wir uns?

Im nächsten Dorf, wo Postautos fahren? Oder erst in der Stadt, wo jeder einen Zug in eine andere Richtung nimmt?

Wann werden wir uns wiedersehen? Werden wir uns wiedersehen?

Er liebt die Abschiede nicht.

Geh schon, bittet er, ich bleibe noch.

Er begleitet sie zum Postauto, hilft ihr beim Einsteigen. Er ist froh, daß das Auto gleich fährt. Kein Winken, nein, kein Zeichen mehr, der letzte Blick geht ins Leere.

Er steht still da, wartet; dann stampft er auf, einmal, zweimal.

Auch er wird fahren müssen, wird zurückkehren, mitten am Tag, langsam ins Tal hinein, flußaufwärts; bei klarer Sicht wird er die Berge sehen können. Die Buben werden hoffentlich nicht dasein, er wird den Laden betreten wie ein Kunde, einen Kunden wird Helen nicht wegschicken, vielleicht wird sie ihn bloß ansehen, nichts sagen, aber auch nichts einwenden, wenn er gleich eine Kiste anfaßt und sie nach hinten bringt oder nach unten in den Keller. Wenn die Buben kommen, wird er schon dasein, draußen im Garten oder unten im Keller, er wird dasein, als sei er nie fort gewesen. Er kann mit ihnen das Tal hinaufwandern, hinein in die Wälder auf Pilzsuche. Sie werden ihm schon folgen.

Und Anna? Was wird sie zu Hause erwarten? Das leere Haus, die Trauer, die Fragen, die Verdächtigungen, die Gerüchte? Wird sie das aushalten? Zum Glück hat sie Gertrud, und das Mädchen, Vera, ein schöner Name, er hätte ein Mädchen auch Vera getauft. Oder Ruth. Oder Felice.

Dieser Riß, wenn nur dieser Riß nicht wäre, wenn der nur heilen würde, bevor er ankommt und die ersten Worte sagen muß. Auch das Zittern soll sich verlieren, schon oft hat er gezittert, als Kind schon, auch im Grenzdienst, und vor der Heirat auch –

Hat er so gedacht, gefühlt, dieser Vater, damals?

Oder soll er noch bleiben, die Heimkehr hinauszögern, sich irgendwo in Annas Nähe niederlassen, warten, bis sie das Schlimmste hinter sich hat, die Weihnachtswochen, das Jahresende? Nicht gleich zurück, mitten in die Weihnachtszeit hinein.

Was würde zu Hause los sein? Mit den Buben? Mit Helen? Würde sie ihn büßen lassen? Alles war ungewiß. Unsicher.

Er braucht Abstand. Zeit dazwischen. Nach Neujahr könnte er den Schritt vielleicht tun. Oder hofft er noch immer, es würden sich andere Wege finden? Wege mit Anna? Trotz dieses Toten zwischen ihnen?

Sie hatten es versucht, wenigstens das.

Hatte er so gedacht? Hatte in diesen Tag hinausgestarrt, unschlüssig?

Wo trennen wir uns, sagte ich.

Wir trennen uns nicht.

Doch, du weißt es.

Ankommen ist möglich.

Veras Stimme klang entschlossen.

Wir standen noch eine Weile an der Haltestelle. Das Postauto würde bald fahren. Ich wollte zurück.

Aufträge ausführen, Schreibarbeiten; und dann, in diesen Wintermonaten, endlich meinen Schwestern bei der Krankenpflege beistehen. Vielleicht würde die Mutter ihre Sprache doch wiederfinden. Wer weiß.

Und du?

Ich suchte Veras Augen.

Ich habe Zeit.

Ich hörte das Postauto und ergriff meine Tasche.

Vera hielt meine Hand.

Gute Reise und verlier dich nicht.

Für einen Augenblick dachte ich an den Koffer, den wir geöffnet hatten, an die Kleider des Vaters, die Kleider der Geliebten. Das Notizheft. Fotografien von ihm, von ihr. Ein Hemd, ein Jackett.

Vergiß nicht den Koffer mitzunehmen, er kann nicht weitere fünfzig Jahre warten.

Mach dir keine Sorgen.

Ich stieg ein, setzte mich. Vera stand nahe der Holzbank an der Haltestelle, das Gesicht leicht gesenkt, wartend.

Wir winkten beide nicht.

Die Wiesen glänzten im späten Nachmittagslicht. Zu hell für diese Tageszeit, dachte ich und schloß die Augen.

Die Straße zu meiner Wohnung war wieder einmal mit Baumaschinen zugestellt. Nichts zu machen, fluchte der Taxifahrer. Ich stieg aus, balancierte mit meiner Tasche um die Bauabsperrungen herum und stand am Eingang zum Park. Die spielenden Kinder gehörten zu jeder Ankunft; und auf der andern Seite bot Zufikar sein Obst an: Ich war da. Vor dem Kiosk an der Ecke saßen zwei Schwarze und tranken unter einem ausladenden Sonnenschirm Bier. Das Restaurant Nordbrükke schien noch baufälliger als vor meiner Abreise, die Fassade der S-Bahn-Station noch grauer. Aber die Uhr lief noch, und der Lärm der Doppelstockwagen war der gleiche geblieben, ein seltsames Rattern, das in den Ohren schmerzte. Vor dem Solarium streunende Hunde, die Schnauzen Richtung Eingang erhoben, als trachteten sie danach, ein Sonnenbad zu nehmen, ultraviolett.

In der Post fand ich tatsächlich eine Einladung nach Lissabon; ich sollte im kommenden Frühjahr an dem Kongreß über zeitgenössische Formen von Identität teilnehmen. Im Wohnzimmer blinkte der Telefonbeantworter. Meine Schwester Elisabeth bat mit eindringlicher Stimme, sie oder Johanna anzurufen, es sei wichtig. Ich zögerte den Rückruf hinaus. Es war ohnehin spät.

Ich war zurück –

Sei doch froh, daß dein Vater zurückgekehrt ist, auch wenn er keinen Berg bestiegen hat. Das sagte die Mutter an jenem Tag, als der Vater heimgekehrt war.

In ihrer Stimme klang Bitterkeit mit. Doch sie fuhr fort, als bereue sie ihre Bemerkung, als hätte sie bereits zuviel verraten.

Ich schwieg trotzig.

Sei nicht störrisch, nimm dich zusammen, ermahnte sie mich, Hauptsache, der Vater ist da.

Er ist zu spät gekommen, sagte ich.

Am Abend nahm der Vater seinen alten Platz am Küchentisch ein, diesen Platz, der so lange leer geblieben war.

Die Mutter schöpfte Suppe, daran erinnere ich mich genau. Alle schlürften, der Vater schlürfte besonders laut. Jetzt wußten wir, daß er wirklich da war. Ausgerechnet Michael, der selber kleckerte und schlürfte, sprach es aus.

Suppe, prustete er, Suppe schlürfen.

An diesem Abend war außer dem Schlürfen nichts zu hören, keiner gab etwas von sich, auch der Vater nicht. Michael und ich nahmen uns ein zweites Mal, was sonst nie geschah. Wir liebten Suppe nicht besonders, da die Mutter immer die Essensreste beimischte; Wochenrückblick, meckerte ich jedesmal. Aber an diesem Abend aßen wir viel Suppe, Löffel um Löffel.

Die Mutter, dachte ich, die muß doch etwas sagen, den Vater fragen, warum er wieder da ist. Oder protestieren, daß er wieder da war. Oder ihn dahin zurückschicken, wo er hergekommen war. Oder fragen, wie er sich das vorstelle, nach all den Monaten, in denen er uns allein gelassen hatte.

Irgend etwas müßte sie doch sagen. Aber auch sie schlürfte nur Suppe und fragte nichts, an diesem Abend nicht, und an den folgenden Abenden nicht. Sie wandte auch nichts ein, als der Vater das Schlafzimmer betrat.

Der Vater blieb. Er fand Arbeit. Doch schon bald nach der Anstellung in der Süßwarenfabrik fing er zu kränkeln an, wie schon damals, als wir den Hof hatten verlassen müssen. Atembeschwerden. Erstickungsanfälle.

Noch immer blinkte der Anrufbeantworter. Ich zögerte, rief dann Johanna an. Sie teilte mir mit, daß die Mutter gestürzt sei, ihr Zustand habe sich weiter verschlimmert.

Was heißt gestürzt?

Johanna zögerte.

Die Mutter sei beim Aussteigen aus dem Rollstuhl ihren Helferinnen entglitten und auf dem Boden aufgeschlagen, nicht sehr, aber doch. Äußerlich sei der Mutter kaum etwas anzumerken, doch ihr scheine, sie sei noch stummer geworden, auch wenn sie wisse, sagte Johanna, daß das ein eigenartiger Satz sei über jemanden, der seit Wochen schweige. Aber für sie, wiederholte Johanna, sei sie noch stummer geworden, sie könne es nicht anders ausdrücken. Die Mutter schweige nun völlig reglos, besonders dann, wenn sie mit dem Rollstuhl ans Fenster geschoben werde; die Mutter starre dann einfach hinaus, stundenlang.

Und dann könne es vorkommen, daß ihre Augen für kurze Augenblicke groß würden, klar; etwas husche über ihr Gesicht, weniger als ein Lächeln, ein Schimmern vielleicht, das ihre Haut hell mache, ihr einen matten Glanz gebe, ohne daß die Lippen, die Mundwinkel sich bewegten und sie auch nur zum Sprechen angesetzt habe.

Ich stehe dann da, versuche, ruhig zu bleiben und doch, seufzte Johanna, möchte ich davonlaufen; es ist so wenig, schon fast Stillstand, wie ein letztes Aufglimmen.

Sie habe, sagte meine Schwester, die Hoffnung verloren, daß die Mutter je wieder sprechen würde, sie sei endgültig stumm geworden.

Ich komme übermorgen und werde dasein in den nächsten Wochen.

Johanna atmete auf.

Gut, daß du kommst.

Ich stand, nachdem ich den Hörer aufgelegt hatte, noch eine Weile neben dem Telefon.

Die Mutter brauchte unsere Fragen nicht mehr zu fürchten.

So war damals auch der Vater verstummt: wenige Wochen nach seiner Rückkehr sagte er gar nichts mehr. Saß stumm am Tisch, zog sich ins Hinterzimmer zurück, wo er Zeitungen las, Radio hörte und eines Tages zu husten anfing.

Dafür sprach die Mutter, vom Wetter, von Verkaufsaktionen, von einer neuen Schokoladensorte, von Kundengesprächen und Vertreterbesuchen.

Nichts über sie und Vater.

Hatten sie nie miteinander gesprochen über die Zeit der Trennung? Über Anna? Über ihren Mann, Bassi, diesen Toten im Fluß?

Einmal, Jahre später, machte die Mutter zu Vater eine Bemerkung, er solle »diesen andern« nicht vergessen.

Fang nicht wieder damit an, bat der Vater, das ist lange her.

So lange auch wieder nicht und vergessen schon gar nicht, wandte die Mutter ein, er solle nicht so tun, als sei nichts gewesen, bloß weil er jetzt krank sei und Schonung brauche, sie hätte manchmal auch Nachsicht nötig gehabt und sie nicht bekommen.

Mich hat nie einer geschont, fuhr sie ihn an.

Ich hörte, wie der Vater zu husten begann.

18

In langsamer Fahrt glitt ich ins Tal hinein, Landschaft der Kindheit, die Hügel, der Fluß, die Pappelalleen, jedes Jahr die hellen Rapsfelder, der Mais. In den letzten Jahren war ich nur noch zu Krankenbesuchen in dieses Tal gefahren, in den vergangenen Wintermonaten sehr oft: Endlich hatte ich mein Versprechen eingelöst und meinen Schwestern beigestanden. Die Mutter hatte nie ein Wort geäußert. An Allerheiligen hatte sie in diesem Jahr nicht einmal auf die Schleife der unbekannten Verehrerin an Vaters Grab reagiert; ich brauchte Vera nicht zu schelten. Noch einmal hatte ich zusammen mit meinen Schwestern die Weihnachtstage im Elternhaus verbracht. Johanna hatte sogar einen Weihnachtsbaum beschafft. Lieder wurden keine gesungen. Die Mutter blieb still; ihre Augen hatten selbst das unruhige Flakkern verloren. Und nichts von dem, was sich zu Beginn des letzten Jahres des Jahrhunderts ereignete, nahm sie wahr, weder die Kriegsbilder aus dem Kosovo, die am Bildschirm vorüberflimmerten, noch die neue Währung in Europa oder den Schnee, der vor ihrem Fenster fiel und ihren Garten weiß verzauberte. Nach einem weiteren Sturz kurz nach Neujahr wurde der Umzug ins Pflegeheim unumgänglich. Die Mutter nahm ihn mit regloser Miene hin; sie ließ sich auch im Heim ans Fenster schieben.

Nun war sie gestorben, als die Märzsonne die letzten Schneereste in den Feldern schmolz, die Eiskrusten um das unterspülte Wurzelwerk der Bäume am Fluß löste und in kleinen Schollen talabwärts treiben ließ, lautlos.

Auch diesmal, wie schon beim Tod des Vaters, sollte ich ein paar Worte sprechen.

Scharen von Vögeln kreisten über den Feldern; früher hatten hier Störche genistet, seit Jahren hatte ich keine mehr gesehen.

Sollte ich von der Pflicht und von der Strenge sprechen, die sie geleitet hatten, Strenge gegen sich selber, aber auch gegen die anderen? Voller Ernst hatte sie alle Alltagspflichten erfüllt, vom frühen Morgen bis zum späten Abend: so hatte sie den Laden geführt, so hatte sie die Kinder versorgt, so hatte sie ihren Mann bis zu seinem Tod gepflegt. Streng war sie mit uns, damit wir nicht auf Abwege kämen wie der Vater, der uns alle im Stich gelassen hatte. Durch sein Fortgehen war der Vater ein »Unanständiger« geworden. Ihr Kampf galt all dem, was ihr als unanständig erschien. Unanständig war es, vor dem Essen die Hände nicht zu waschen oder sie, besonders als junger Mann, in die Hosentaschen zu stecken. Unanständig war es, den Frauen auf die Brust statt ins Gesicht zu schauen. Besonders unanständig war es für Knaben, »das Ding« in die Hand zu nehmen und daran herumzuspielen, das konnte, so warnte sie, zu Rückenmarkverkrümmungen oder zu Gedächtnisstörungen führen. Und wer unanständig war, hatte eine Strafe zu gewärtigen.

Oft sprach die Mutter von Onkel Alfred, einem Bruder des Vaters, der sich mit einer Krankheit angesteckt hatte. Er litt unter Hautausschlägen, rot und schuppig war seine Haut. Michael und ich zögerten, ihm bei der Begrüßung die Hand zu reichen. Der Onkel zeigte Unsicherheiten beim Gehen, manchmal schwankte er wie ein Betrunkener. Er klagte dauernd über Schmerzen; die Tante mußte ihn führen, weil auch sein Sehvermögen zunehmend eingeschränkt war und er ständig irgendwo anstieß. Sogar auf die Toilette mußte sie ihn begleiten. Sein Leiden sei die Strafe dafür, daß er sich mit unanständigen Frauen eingelassen hatte, mäkelte die Mutter.

Noch unanständiger war Onkel Georg, der sich nicht mit unanständigen Frauen, sondern mit Männern herumgetrieben hatte. Er war früh gestorben. Vieles war für die Mutter unanständig, wurde bestraft, endete mit Krankheit und Tod.

Wie wäre darüber zu reden?

Pflicht und Strenge, ja, und wo war die Freude, die Zärtlichkeit, die Nähe, die wir, Michael, ich, wir alle gebraucht hätten, eine Hand, die über die Schulter strich, eine Umarmung?

Sie hätte es nicht verstanden. »Ihr habt alles, was ihr braucht«, hatte sie oft gesagt. Sie meinte das Brot im Küchenschrank, die Decke auf dem Bett, die Jacke gegen die Kälte.

Ich verlangsamte die Fahrt, bog in einen Feldweg ein, der zum Ufer des Flusses führte. Ich machte ein paar Schritte das Ufer entlang. Irgendwo hier, im unterspülten Wurzelwerk dieser Bäume, hatte man den Toten gefunden.

Auf der andern Seite des Flusses pflügte ein Bauer sein Feld, die dunkelbraune Erde dampfte leicht.

Ich war mit dem Vater ein letztes Mal über die Felder gegangen, als wir den Hof hatten aufgeben müssen. Ich hatte damals schon die Schule besucht, die zweite Klasse. Es reicht nicht, hatte der Vater geklagt, zu wenig Ertrag von diesen siebzehn Jucharten; wieder den Pachtzins nicht geschafft, wie schon letztes Jahr, die Brüder wollen verkaufen. Es gibt keinen Weg, seufzte er, hob einen Brocken Erde auf und zerkrümelte ihn zwischen den Fingern; er schaute über die sumpfige Wiese hinweg, die wir noch im Herbst eingezäunt hatten.

Nach dem Umzug hatte die Mutter den Laden übernommen, der Vater war nie mehr seßhaft geworden. War er deshalb mit Anna aufgebrochen?

Nun war die Mutter tot.

War sie einmal ein Mädchen gewesen, das Sehnsüchte hatte, eine junge Frau, die bezauberte, betörte, verführte?

Ich wußte wenig. Von diesem Simon hatte sie mir spät erzählt, von diesem Traum vom Norden: Riga, die Düna und die Memel, die großen Wälder Lettgallens.

Sie lernte leben mit dem Wort: verschollen. Ihr blieb das Bild mit der Samtkippa, die Erinnerung an ein Gesicht und eine Stimme. Es blieb ein Kind.

Ich warf einen Stein ins Wasser, das Schattenmuster der Bäume tanzte auf den Wellen, ein Gurgeln drang herauf, verträumt erschien dieser Fluß; man hätte nicht ahnen können, daß darin ein Toter getrieben, sich im Wurzelwerk verfangen hatte und unsichtbar geblieben war, bis eine Hand aufragte.

Ich stieg ins Auto, bog in die Landstraße ein. Die Ortstafel ließ keinen Zweifel, daß ich angekommen war, die Kirche stand mitten im Dorf, der Friedhof lag gleich daneben. Sie würde in Vaters Grab beigesetzt, so hatte sie es bestimmt.

Ich dachte an Rosenzweig, der mich gelehrt hatte, daß man das Leben nur mit Geschichten überlebt.

Ich wußte nun, was ich sagen würde.

Meine Schwestern Johanna und Elisabeth erwarteten mich. Johanna steckte mir ein Notizbuch der Mutter zu, das sie gefunden hatte. Sie brachte auch eine kleine Schublade aus dem Sekretär; Murmeln lagen darin, ein Kreisel aus Holz, ein verrußtes Stück Glas, eine Scherbe, mehr mit Staub als mit Ruß behangen. Johanna ergriff sie, steckte sie mir zu: Vielleicht kannst du sie brauchen, für den kommenden Sommer ist eine Sonnenfinsternis angekündigt. Ich hob die Scherbe, schaute einen Moment lang durch sie hindurch.

Wenig später stand ich neben dem Pfarrer, mein Blick schweifte über die Gesichter der zahlreichen Kirchgänger, die sich eingefunden hatten. Ich sprach mit ruhiger Stimme von diesem Leben, das gewesen war: *Der sah dich hart, der andre sah dich milder, / der wie es ordnet, der wie es zerstört, / doch was sie sahn, das waren halbe Bilder, / da dir das Ganze nur allein gehört.*

Nach dem kurzen Gottesdienst gingen wir auf den Friedhof, wo die Urne in die Erde gesenkt wurde. Meine Schwestern und ich standen am Grab, nahmen die Kondolenzbezeugungen, das Händeschütteln entgegen, nickten, dankten. Ich kannte kaum jemanden, zu lange war ich weg gewesen.

Ich staunte, wie lang die Reihe der Trauergäste war, die am Grab vorüberzog.

Plötzlich kam eine Frau auf mich zu, drückte mir die

Hand, kräftiger, als die Vorangehenden es getan hatten, sah mir fest in die Augen, mit unausweichlichem Blick, herausfordernd, hartnäckig.

Ich musterte sie lange, ich erkannte sie nicht. Sie lächelte mich an, nachsichtig, neugierig. Ich blieb stumm, auch als sie die Stimme hob, es könne doch nicht sein, daß ich sie nicht wiedererkenne, es dürfe doch nicht sein, daß sie mir ihren Namen verraten müsse.

Sie machte eine Pause.

Sie drückte erneut meine Hand.

Wir standen mit den zum Gruß verschränkten Händen, wie ein Denkmal.

Isabelle, flüsterte sie endlich, mit einem Unterton von Enttäuschung, ich bin Isabelle. Als ich über ihre Schulter blickte, entdeckte ich auch Edgar.

19

Ich hätte Isabelle wiedererkennen sollen.

Der Sommer, in welchem uns der Vater verlassen hatte, war auch der Sommer mit Isabelle, und der Herbst und der Winter. Damals hätte ich gerne mit Vater über Isabelle gesprochen. Vielleicht hätte er mir gesagt, wie das ist mit den Frauen. Die Mutter konnte ich so etwas nicht fragen. Sie hätte es unanständig gefunden, was ich mir über Isabelle und die Frauen ausmalte. Seit Edgar und ich Isabelle in ihrem Zimmer beobachtet hatten, malte ich mir aus, was sie tat, wie sie sich bewegte, wie ihre Haut duftete. Zimt und Zedern? Ich beobachtete sie aus der Ferne. Ich wußte, wann sie nach Hause kam, ich strich manchmal in der Nähe herum und hoffte, wir würden uns zufällig begegnen. Aber ich wagte es nicht, ihr entgegenzutreten, zu groß war die Angst, sie würde mir ausweichen.

In der Nacht wartete ich auf den Vater, der über den Hof kommen und mir zuwinken würde, am Tag wartete ich auf Isabelle, die vielleicht den Weg heraufkommen, mich begrüßen und zu einem Spaziergang einladen würde.

Aber sie kam nie den Weg herauf.

Manchmal, wenn ich wach lag in der Nacht und auf den Hof hinunterblickte, stand ich auf und lief den Weg zu Isabelles Haus, in der Hoffnung, sie hätte noch Licht im Zimmer und ich könnte sie sehen, sie heimlich grüßen. Sie hatte nie Licht im Zimmer, nicht ein einziges Mal. Wenn ich wartend im Dunkel stand, stellte ich sie mir vor, wie sie schlief, sich bewegte im Schlaf, was sie träumte; ich hörte sie atmen, sah sie lächeln, sah, wie ihre Hand sich im Kissen vergrub, wie das Haar ihr übers Gesicht fiel.

Ich malte mir Spaziergänge aus, die wir machten, Gespräche, die wir führten, Zärtlichkeiten, die wir tauschten, ich genoß unsere Umarmungen und Berührungen.

Ich kehrte, auch wenn in Isabelles Zimmer alles dunkel geblieben war, voller Zuversicht nach Hause zurück. Ich war bei ihr gewesen, in ihrer Nähe. Ich hatte ein Geheimnis, von dem Mutter nichts ahnte. Ich konnte an Isabelle denken. Mit Isabelle machte ich Reisen. Wir fuhren mit dem Zug nach Mailand, suchten uns ein Hotel und waren unterwegs, Isabelle spielte Theater, ich schrieb für die Zeitung, über Sport natürlich, über Radsport. Da wußte ich alles, ich sammelte seit Jahren Bilder und klebte sie in ein Heft; ich las den Sportteil der Zeitung, merkte mir Anekdoten und Geschichten, über Küblers Ausdauer, über Koblets Vorliebe für Kartoffelbrei, über Fausto Coppis schnellen Antritt, über Bobets Stärke am Berg; da konnte ich aus dem vollen schöpfen, konnte auswählen, das Uninteressante weglassen und das Spannende erzählen, das Unerwartete, meine Geschichten.

Manchmal wohnte ich mit Isabelle in Zürich oder in Genf. Isabelle war meine erste Frau, obwohl wir nie zusammenlebten.

Wenn die Mutter am Abend reglos vor sich hinstarrte, mit dieser Bitterkeit im Gesicht, dachte ich an Isabelle, an unsere nächste Reise, an ein Picknick am Fluß.

Ich vergaß die Mutter.

Wenn ich allein im Zimmer war, erzählte ich Isabelle von meinem Tag, von meinem nächtlichen Warten auf den Vater. Wie ich ihn vermißte.

In meinem Tagebuch schrieb ich auf, was wir gesprochen hatten, durch welche Stadt wir gegangen waren, Isabelle und ich. Während ich schrieb, war ich wirklich mit Isabelle unterwegs.

Auch Edgar mochte Isabelle. Wir mochten sie beide. Vielleicht hätte der Vater mir einen Rat geben können, vielleicht hätte er gewußt, wie das ist, wenn da noch einer ist, zwei, die dieselbe begehren. Vielleicht hätte mir der Vater dann erzählt, wo er gewesen war, mit wem; ich hätte ihn nicht verraten, er hätte sich auf mich verlassen können.

Mutter hätte das gewiß unanständig gefunden, schon in meinem Alter hinter einem Mädchen her zu sein. Und wenn sie dann noch erfahren hätte, daß auch Edgar Isabelle umschwärmte, hätte sie erst recht den Kopf geschüttelt. Mach lieber deine Aufgaben, hätte sie gesagt, oder, lies ein Buch, das bringt dich auf andere Gedanken. Aber ich wollte nicht auf andere Gedanken gebracht werden, mir gefiel es, an Isabelle zu denken. Ich ahnte, daß Edgar auch an sie dachte. Er nahm mich nie mehr mit in die Baumhütte, seit er wußte, daß Isabelle mir gefiel.

Noch einmal waren wir alle drei zusammengewesen, es muß kurz vor Weihnachten gewesen sein. Wir waren in den Wald gegangen, verkrochen uns in die kleine Höhle unterhalb der Kiesgrube, in der ich mit Vater Roßköpfe gefangen hatte. Isabelle hatte uns beide berührt, erst Edgar, dann mich, zuerst die Schulter und den Bauch, und dann war ihre Hand auch über die Hose geglitten, ganz langsam, und sie hatte gelacht, als sich da etwas bewegte, erst bei mir, dann bei Edgar. Ich wünschte mir, sie würde die Hand eine Weile dort ruhen lassen und ihre Finger ein wenig bewegen. Doch ich wagte kein Wort zu sagen, keine Bewegung zu machen. Auch Isabelle hielt still, ihr Gesicht schien ganz ernst, wie das einer Ärztin, die den Puls mißt. Sie war gerecht, sie berührte jeden von uns gleich lang.

Wir versuchten, Isabelle auch anzufassen. Aber sie wich zurück, vertröstete uns auf später. Wir protestierten, worauf sie uns ganz kurz ihre Brüste berühren ließ, einen rechts, den anderen links. Noch tagelang spürte ich Isabelles Hand, ich sah ihre schmale Hand, diese weißen Finger, die tastend langsam über meine Hose geglitten waren. Lauschende Finger, hatte ich gedacht.

Ich weiß nicht mehr, wann Edgar und ich darüber gesprochen hatten, daß wir nun Rivalen waren, aber irgendwann war es klar: Jeder wollte Isabelle für sich haben.

Das Wort Rivalen stammte nicht von uns, einer aus der Klasse hatte es geprägt: Ihr seid Rivalen. Nebenbuhler, rief ein anderer.

Edgar und ich schauten uns an, verlegen, keiner äußerte ein Wort, aber jeder wußte, daß auch der andere hoffte, Isabelle für sich zu gewinnen. Isabelle ließ sich nichts anmerken; was sie dem einen gewährte, bekam auch der andere. Die kleinen Geschenke, die wir ihr brachten, nahm sie gerne an, sie dankte, zeigte Freude, aber nie so, daß der eine annehmen konnte, er sei im Vorteil. Manchmal brachte sie ihr Federballspiel mit, spielte bald mit dem einen, dann mit dem andern. Das gefiel mir. Ich konnte weiter hoffen. Kleinlaut wurde ich erst zu Hause, wenn ich allein in meinem Zimmer war. Da plagten mich Ängste, ich sah Isabelle mit Edgar unterwegs, in der Nacht, hörte, wie sie über mich spotteten, sich über meine Geschenke lustig machten. Ich fühlte mich hilflos in meinem Zimmer, schämte mich meiner Sommersprossen, während Edgar eine makellose Haut besaß und fast gar nicht mehr mit dem Kopf pendelte wie früher. Ich würde bei Isabelle keine Chance haben. Und meine Geschenke beschränkten sich auf Selbstgemachtes, eine Zeichnung, das Berner Münster aus Karton und einmal ein Gedicht. Edgar hatte mit einem Kartenspiel aufgewartet und einer Frauenzeitschrift, sogar mit einem Armband aus falschen Korallen.

Ich hätte mit Vater sprechen wollen, aber er war nicht da, gerade in diesem Jahr nicht, gerade jetzt nicht. Wir hätten reden können, wie das ist mit den Frauen. Vielleicht hätte ich ihm auch vom endgültigen Zerwürfnis zwischen Edgar und mir erzählt. Als ich eines Nachts zu Isabelles Haus schlich, wurde ich plötzlich von hinten umfaßt; jemand versetzte mir einen Schlag in den Nacken. Ich wehrte mich, wand mich aus der Umklammerung, schlug zu. Jetzt sah ich, daß es Edgar war. Wir schlugen heftig aufeinander ein, ein nächtlicher Ringkampf begann. Als mich unvermittelt ein Faustschlag ins Auge traf, taumelte ich leicht. Edgar, ohnehin der Kräftigere von uns beiden, zerrte mich zu Boden, setzte sich rittlings auf mich, zog mich an den Haaren. Verräter, schrie er wutentbrannt, verdammter Verräter. Als er schließlich von mir abließ, blieb ich liegen.

Tagelang lief ich mit einem blutunterlaufenen Auge umher und hatte den Spott der Kameraden zu ertragen. Edgar sprach nicht mehr mit mir, seine Brüder auch nicht. Mit dir sind wir fertig, sagte er; und einige aus der Klasse schlossen sich ihm an. Edgar und ich waren keine Rivalen mehr, wir waren Feinde geworden, die nie mehr zur Versöhnung fanden. Vielleicht hatte es mit dieser Prügelei zu tun, daß ich mich kaum noch in die Nähe von Isabelles Haus traute, daß ich nur noch selten an Isabelle dachte. In meiner Phantasie unternahm ich mit ihr noch Reisen, aber immer seltener, einmal ging es nach Riga, an die Düna, einmal ins Memelland. Isabelle wollte nach Königsberg, stellte ich mir vor, und in die Sanddünen der Kurischen Nehrung, von der die Mutter erzählt hatte. Es kam mir damals seltsam vor, daß die Mutter etwas wußte vom Baltischen Meer, von Königsberg und Kaunas, vom Weißbrotzopf und von Teekringeln, von *challe* und *beigeles*.

Der Zufall führte Isabelle und mich noch einmal zusammen, zwei oder drei Jahre später, kurz bevor ich das Tal verließ, um ins Internat zu gehen. Ich hatte wieder einmal fluchtartig das Haus verlassen, fort von der Mutter, die mit Verbissenheit ihre Arbeit machte, vom kranken Vater, der sich hustend im Schlafzimmer eingerichtet hatte, hinaus aus dieser stumpfen Stille im Haus, in der sich der Geruch der Medikamente breitmachte, diese Mischung von Jod und Bitterkeit, die in jede Nische des Hauses zu kriechen schien. Nichts, das eindrang in dieses Gewölk, es ein wenig lichtete, wie es früher Michaels Lachen und Lallen getan hatte.

Michael war nicht mehr da.

Mißvergnügt saß ich auf der Bank am Waldrand und blickte finster in die Welt.

Sie kam den Weg herauf, geradewegs auf mich zu, grüßte, setzte sich.

Bonjour Tristesse, rief sie mir zu.

Was meinst du, fragte ich verdattert.

Du schaust aus wie der Weltuntergang, ein Kümmerer bist du, ich sollte dir mein Buch ausleihen.

Welches?

Bonjour Tristesse.

Sie zog mich an der Hand.

Wir spazierten eine Weile schweigend über den Waldweg, so wie ich es mir tausendmal vorgestellt hatte in den langen Monaten von Vaters Abwesenheit.

Ich erzählte ihr von meinem Warten und von unseren Reisen, von den großen Städten, die wir durchwandert hätten, von Mailand und von der Memel, und von Edgar und mir, von unserer seltsamen Rivalität, die zu einem nächtlichen Ringkampf geführt hatte, zum Ende unserer Freundschaft.

Isabelle lächelte.

Es war dunkel geworden. Wir kehrten langsam zurück.

Komm, Isabelle stieß mich an und führte mich durchs Treppenhaus.

Auf ihrem Gesicht lag ein verschmitztes Lächeln, als sie mich bat, die Bluse aufzuknöpfen.

Ich nickte verlegen.

Doch Isabelle ließ mir keine Zeit, den verschämten Jungen zu spielen.

Sie schob ihre Hand in meine Hose.

Isabelles lauschende Finger, jetzt waren sie wirklich.

Ich zögerte.

In meiner Vorstellung war es einfacher gewesen als in Wirklichkeit.

Sie schob mich leicht zum Bett hin, legte meine Hände auf ihren Körper, ließ mich tun, was ich mir schon immer gewünscht hatte. Ich schaute sie an, berührte sie.

Ihre Brüste waren klein und fest. Zimt oder Vanille. Ich dachte an Edgar, als ich Isabelles Duft einatmete. Zimt und Zedern, triumphierte ich ein letztes Mal über Edgar.

Isabelle zog die Knie an und schob die Beine auseinander. Ich sah, was ich noch nie gesehen hatte.

Komm, sagte Isabelle.

Die Gewißheit, dasein zu dürfen, geliebt zu werden, einfach so. Die Mutter hatte mir diese Gewißheit nie gegeben, Isabelle gab sie mir für diese eine Nacht.

Könnte es, fragte ich mich später, viel später, diese Gewißheit gewesen sein, die der Vater bei Anna gefunden hatte? Vielleicht war es das, was ihn hinzog zu ihr und fort von uns.

Isabelle und ich hatten nach dieser Nacht nie mehr versucht, uns zu treffen. Sie kehrte auf ihre Wege zurück, ich auf meine.

Später heiratete sie ins Nachbardorf. Ich hörte hin und wieder von ihr, über Jahre hinweg, und erinnerte mich an den Duft ihrer Haut, nicht Vanille, wie Edgar gesagt hatte, sondern Zimt.

Und Zimt blieb eine Verheißung.

20

Müde saßen meine Schwestern und ich im Haus der Mutter. Wir tauschten die eine oder andere Erinnerung an die Eltern aus. Johanna begann Schränke und Kommoden zu öffnen und konfrontierte uns mit immer neuen Fundstücken. Ich winkte ab. Elisabeth blieb reglos in ihrem Sessel sitzen, fern und abgewandt. War es das Gefühl von Endgültigkeit, das uns lähmte?

Wir besprachen praktische Dinge. Dann fuhr ich nach Zürich zurück. Nächste Woche würde ich nach Lissabon fliegen, zu der Tagung im Kulturzentrum von Belem.

Ich öffnete den Schrank, um meine Sachen zusammenzuraffen, zog wahllos Hemden heraus, Socken, eilte ins Bad, um das Rasierzeug nicht zu vergessen. Ich schaute in den Spiegel, erschrak über mein bleiches Gesicht. Als ich die Wohnung verließ, spielten im Park wie immer Kinder; zwei Jungs rannten einem Mädchen nach, bis dessen Mutter auftauchte und die Knaben vertrieb. Ich lief die Dammstraße hinunter zur Limmat, die viel Wasser führte und an einzelnen Stellen den Uferweg überschwemmte. Die reißende Flut führte Äste und Stämme mit sich, die gegen die Mauer schlugen. Ich starrte ins Wasser, bis ein kleines Mädchen mich anstieß. Ich schaute auf und kehrte in die Wohnung zurück.

Der Anrufbeantworter blinkte; Vera bat um raschen Rückruf. Im Briefkasten lag die Post, darunter eine

Karte von Kristin: wir sollten über das reden, was sein könnte, vielleicht.

Ich staunte.

Ich wußte nicht, was ich antworten sollte, weder Vera noch Kristin.

Ich würde mich melden, teilte ich beiden auf einer Karte mit, zu gegebener Zeit, eine Floskel, die ich selten brauchte. Mir fiel keine andere ein. Auch das war ein Alarmzeichen.

Nicht wieder neue Wunden aufreißen.

Ich wunderte mich über die trivialen Sätze in meinem Kopf.

Und dann blätterte ich doch in diesem Notizbuch, Mutters Notizbuch, das Johanna mir mitgegeben hatte. Es waren Klagen, Klagen über all das, was zu tragen war, kein Aufbegehren. Oft stand da: »Es ist zuviel«, manchmal mit Ausrufezeichen. Warum hatte sie dieses kleine Heft nicht weggeworfen?

Die Mutter war tot. Und der Vater auch.

Anna. Und Dario Bassi. Warum war da dieser Wunsch, noch etwas sagen zu können, einen Satz oder zwei? Zur Mutter, auch zum Vater. Er war einsam gestorben, es gab keine letzten Sätze, keinen Abschied, von niemandem. In einer Nacht, nach langen Jahren, in denen wir so oft gemeint hatten, er sterbe, starb er dann wirklich. Die Mutter, die Jahre hindurch, Tag für Tag, und manchmal auch in der Nacht, an seinem Bett gewacht hatte, war eingeschlafen in der Nacht seines Todes. Und hatte ihn erst am Morgen gefunden, im Bett sitzend, leicht schräg, zur Lampe hin geneigt, die noch brannte. Er mußte Licht gemacht, vielleicht noch etwas gesagt haben, ein paar Worte, die niemand hörte.

Er hatte die Wochen und Monate zuvor mit niemandem gesprochen, nicht über die Krankheit, nicht über das Sterben. Auch mit mir nicht. Einmal, lange vor seinem Weggehen, hatte er mir von den Todesfällen in seiner Familie erzählt, sein Großvater war einsam bei einem Gang durch die Felder zusammengebrochen, sein Vater von einem Pferdefuhrwerk zerquetscht worden.

Einer seiner Brüder war auf einer Reise mit dem Auto verunglückt und in einem sizilianischen Krankenhaus gestorben. »Man lebt und stirbt allein«, sagte der Vater, ohne Anklage, ohne Pathos. Ich war viel zu jung für einen solchen Satz, und doch blieb er mir haften. Sein liebster Bruder war in seinem Beisein gestorben, während des Krieges, Leukämie mit achtundzwanzig. Das hatte er auch Anna, seiner Geliebten, erzählt, wie ich nun wußte, mit Tarnfarbe im Gesicht, damals am Rhein.

Sein Bruder habe in die Ferne geblickt, erzählte er mir, als käme ihm jemand entgegen, ein Engel vielleicht. Ich wünschte dem Vater, daß ihm ein Engel entgegenkäme, ein freundlich lächelnder.

Michi war selber ein Engel gewesen, er war im Heim gestorben, Anfang der Siebziger, im Alter von zweiundzwanzig Jahren. Er war nicht allein in seinen letzten Stunden, alle seine Kameraden und auch Johanna, Elisabeth und ich waren bei ihm gewesen. Er war fröhlich geblieben bis zuletzt; selbst dem Charon dürfte er noch übermütig entgegengelacht und prustend die Hände nach ihm ausgestreckt haben. Wer im Leben viel lacht, stirbt auch lachend. Ich weiß nicht mehr, wer das gesagt hat, vielleicht Tante Julie.

Die Mutter hatte die Leiche des Vaters gleich ins Krematorium bringen lassen. Der Vater hatte auf einem Zettel veranlaßt, daß Freunde und Bekannte erst nach seinem Tod benachrichtigt werden sollten. So waren außer mir nur die Mutter mit Johanna und Elisabeth bei seiner Beerdigung, nicht einmal Tante Julie. Ein kalter Novembertag, Allerheiligen, eine bleiche Sonne drang aus einem wolkenverhangenen Himmel. Die Urne stand schon bereit. Der Pfarrer las ein paar Verse aus der Bibel. Dann sprach ich ein paar Worte zu diesem Leben: von solchen, die fremd bleiben in der Welt, wie es der Baal-schem ausgedrückt hatte, und immer nur mit dem Fremden zu ringen hatten.

Der Pfarrer nahm die Worte auf und zitierte aus einem Psalm: Ein Hauch ist alles, was Mensch heißt.

Dann nahm der Bestattungsbeamte die Urne und stellte sie in die offene Grube. Der Pfarrer sprach ein Gebet; jeder warf einen Brocken Erde ins Grab. Wir standen ratlos da, unschlüssig. In diesem Augenblick entdeckte die Mutter die Schleife der unbekannten Verehrerin, die dem toten Vater stilles Eingedenken entbot. Das Gesicht der Mutter verzerrte sich, nur für Augenblicke. Wir schwiegen und ahnten nichts, damals.

Was hätten wir wissen können?

Jetzt war auch die Mutter tot, noch bevor das neue Jahrhundert begonnen hatte, Frühjahr 1999, die ersten Krokusse, die ersten Hoffnungen aufs nächste Jahrhundert.

Sie hatte kaum je über ihre Heirat gesprochen. Ich wußte, daß sie und der Vater sich übereilt verlobt hatten, auf einer Schiffahrt in der Innerschweiz, an einem Wochenende, an welchem der Vater aus dem Militärdienst heimgekehrt war. Simon blieb verschwunden. Ihr blieb die Schwangerschaft. Und Robert, dem sie schon lange versprochen war. Einige Wochen später hatten sie geheiratet, wieder an einem Sonntag; Robert versah noch immer den Grenzdienst am Rhein, wo immer mehr Flüchtlinge versuchten, ins vom Krieg verschonte Land zu gelangen.

Es war eine Doppelhochzeit: Die Schwester der Mutter heiratete ihren Dachdecker; die Schwestern mußten unter die Haube, eine Doppelhochzeit vereinfachte das Prozedere.

In einer Schachtel fanden wir Fotografien der Hochzeit, weder die Mutter noch der Vater hatten sie in ein Album geklebt. Sie blieben wie Apokryphen liegen, voller Knicke und Flecken. Ich glaube, es war Michi, der sie eines Tages entdeckt und zum Unmut der Mutter herumgezeigt hatte.

Die wenigen Aufnahmen zeigten die beiden Paare auf der Treppe zur Kirche, das Gesicht der Mutter verriet eine seltsame Verlorenheit, ein Fernsein. Die schweren Schuhe, die so gar nicht zum Hochzeitskleid paßten, müssen ihre Schritte gehemmt, zu einem Stapfen gezwungen haben. Sie wirkte schwerfällig neben dem Mann, den sie heiratete. Sie hielten sich nicht an der Hand.

Ein anderes Bild zeigte die beiden Paare, am Rande eines Ackers, zusammen mit anderen Menschen, darunter Tante Julie. Sie bildeten eine Reihe, als wollten sie einen Reigen tanzen. Auf einem dritten Bild war die Hochzeitsgesellschaft zu sehen, die um einen Gartentisch saß, ein Festmahl im Freien, das Hochzeitsessen; aber es hätte auch, betrachtete man die ernsten Gesichter, ein Leichenschmaus sein können. Was war das für ein Tag, dieser Hochzeitstag? Wie lief er ab? Trauung, Essen, ein Spaziergang?

Irgendwann dürften Vater und Mutter sich in einem dunklen Zimmer gegenübergestanden und auf das große Bett geblickt haben. Hielten sie schon in diesem Augenblick alles für einen Irrtum, eine große Täuschung, der sie erlegen waren, oder für eine aus der Situation geborene Notwendigkeit, von der sie hofften, sie würde sich eines Tages in Alltag, vielleicht gar in ein Alltagsglück verwandeln? Wenigstens ein kleines bißchen?

Während sie auf- und ineinanderfielen, unruhig und ängstlich, gehemmt im Nachgeben und Hingeben, dachte die Mutter an den verschwundenen Fremden aus Lemsal, der Vater an die Frau am Rhein? Schon diese Nacht ein Nah- und Fernsein zugleich, ein Sichzuwenden und ein Sichausschließen, ein Hiersein und Woanderssein, ein doppelter Ehebruch vielleicht. Ein solches Wort hätten sie nicht gebraucht und wohl auch nicht verstanden. Sie waren verheiratet, und dazu gehörte es, das Bett zu teilen, ein Fleisch zu werden, wie der Pfarrer ausgeführt hatte, ohne zu erläutern, wie das sein würde. Sie taten, was Ehepaare taten, die Schwestern, die Onkel und Tanten. Vielleicht gelang für ein paar Augenblicke ein Sichverlieren und Aus-der-Zeit-Sein, ein Schweben und Leichtsein.

Und vielleicht empfanden sie in diesen Momenten, leicht beschämt, ein Gefühl von Schuld oder auch nur von unrechtem Tun, ein Unbehagen. So hätte es die Mutter wohl genannt.

Wie lange mag der Vater, die Mutter, mögen beide, darauf gehofft haben, dieses Fremde möge sich legen, die Liebe sich finden, mit dem Kind vielleicht, diesem Knaben, der ich war. Oder später noch mit Michi, dem zweiten Kind, das nicht wie andere Kinder war.

Was wäre zu tun gewesen?

Fliehen?

Sind wir daran schuld, daß wir da sind?

War Michi es, der das gefragt hatte?

Der Vater hatte versucht, ein Vater zu sein, einer, der nachfragte und zuhörte, einer, der beistand.

Wann hatte er das aufgegeben?

Hatte er daran gedacht, wegzugehen, schon in jener Hochzeitsnacht?

Die Mutter verwahrte heimlich das Bild von einem Fremden mit einer Samtkippa.

War da manchmal der Gedanke, die Heirat könnte ein Irrtum gewesen sein? Nur einmal sagte die Mutter, sie hätte vielleicht etwas vorschnell geheiratet. *Aber was hätte ich sonst tun sollen in dieser schwierigen Zeit?*

So lebten sie zusammen, mehr als vier Jahrzehnte.

Jetzt waren sie tot. Beide.

War ich noch immer das Kind, das auf die Rückkehr des Vaters wartete, das auf ein Geräusch auf dem Kiesweg lauschte, auf Schritte im Hof, auf das Klacken der alten Türklinke; ein Kind, das einen Blick erwartete, ein Winken, ein Augenzwinkern? Ein Kind, das auf den Vater wartete? Den von der Düna und den vom Rhein?

Es war mein dritter Besuch in Lissabon.

Ich bezog die kleine Pension in der Rua da Condessa, nahe beim Largo do Carmo; aus reiner Nostalgie wählte ich diese Absteige. In den späten siebziger Jahren war ich zum erstenmal in Lissabon gewesen. Daß gerade jetzt der fünfundzwanzigste Jahrestag der Nelkenrevolution gefeiert wurde, daran hatte ich nicht gedacht. Therese hatte mich damals nach Lissabon mitgenommen, eine Kunststudentin, blond, intelligent, aufmüpfig. Sie rebellierte mit ihrem Trotzkismus gegen ihren Vater, den Direktor einer angesehenen Privatschule, der stolz war auf die humanistische Tradition seines Instituts. Jahre später trat Therese die Nachfolge ihres Vaters an.

Therese hatte diese Pension ausgesucht, wo sie mir, wenn wir nicht gerade miteinander schliefen, die Prinzipien von Trotzkis Lehre der permanenten Revolution erläuterte sowie die besonderen Voraussetzungen der Nelkenrevolution.

In diese Pension zurückzukehren war eine Begegnung mit dem, was wir damals gewesen waren, jung und unbekümmert und manchmal voller verrückter Ideen, zwischen Trotzki und den Rolling Stones.

Ich hatte mich vom Flughafen her langsam dem Ort genähert, die etwas umständliche Fahrt mit dem Bus bis zur Haltestelle Restauradores gewählt, dann mit dem Elevador da Glória in die São Pedro de Alcântara hinauf. Schließlich der Spaziergang durch die Rua da Oliveira hinunter zum Carmo: Das waren Schritte in die eigene Vergangenheit, die schon der Singsang der Straßennamen wachrief.

Therese hatte den Kontakt mit trotzkistischen Gruppen der revolutionären Bewegung des 25. April gesucht. Sie war viel in der Stadt unterwegs; wenn sie zurückkam, liebten wir uns leidenschaftlich. Im Schatten der Nelkenrevolution erlebte ich meine eigene, die rot wie die Nelken und radikal war, im Zeichen von Haut und Haar. Sie blieb immer mit dem Besuch in Lissabon verbunden. Und mit dem Vater.

Vielleicht ist mir auch deshalb das Lied *E depois do adeus,* das am Vorabend des 25. April im Rundfunk gespielt wurde und den Auftakt gab für die Revolution, so gut in Erinnerung geblieben: *Ich wollte wissen, wer ich bin, was ich hier tu, wer mich verlassen hat, wen ich vergessen habe.* Diese Worte von Paulo de Carvalho verbanden sich mit der Stadt und mit Therese, sie bewahrten den Duft ihrer Haut.

Auch ich wollte wissen, wer ich war, war mir selbst das größte Rätsel. Ich schrieb damals jugendlich unbekümmerte Gedichtzeilen mit vielen Benn- und Trakl-Klängen, Verse, die, weil sie völlig unpolitisch waren, Therese, die sich hier Teresa nannte, nicht gefielen. Sie las und reiste viel, lernte Leute kennen, auch die Rossi, mit der wir dann über Jahre hin befreundet blieben, bis zu ihrem frühen Tod. Weil unsere Väter mit unserer Beziehung nicht einverstanden waren, hatten Therese und ich überstürzt und gegen den Zeitgeist jener Jahre geheiratet und uns bald wieder, nun in Übereinstimmung mit dem Zeitgeist, getrennt: *e depois do adeus.* Wir nahmen Abschied voneinander und von der Revolution. Mir blieb die Liebe zu diesem Land und zu seiner Literatur und der Name einer kleinen Pension an der Rua da Condessa: *Grândola vila morena.*

Ich stellte mein Gepäck ab, schlenderte Richtung Largo do Carmo. Auf dem Platz stand ein Festzelt, vollgeklebt mit Plakaten: Nelken in den Gewehrläufen.

Ich machte ein paar Schritte durch die Ruinen der Carmo-Kirche, ich hätte mich nicht gewundert, wenn jetzt Therese durch das kleine Portal getreten wäre und sich zu mir gesetzt hätte. Die durch das große Erdbeben zerstörte Kirche mit den erhalten gebliebenen Rundbogenfenstern, die ins Blau des Himmels greifen und Licht einfangen, war ihr Lieblingsplatz gewesen. Kirchen speichern die Zeit, hatte sie gesagt und wurde ganz die Kunststudentin, die sie auch war, sprach vom Vergangenen, das sich hier staue, von der Stille, die hier schwinge. Hier hörst du den Atem der Geschichte, sagte sie einmal zu mir, du spürst auf der Haut, was von uns bleibt: der Wind und die Stille.

Durch das offene Portal beobachtete ich die alten Männer auf den Parkbänken; stumm saßen sie da, jeder für sich, mit den Schiffchenmützen der Armeeuniform die einen, mit zerknitterten Schirmmützen, tief in die Stirn gezogen, die anderen, sie verharrten in stummer Würde, ernsthaft, verlegen, als würden sie eine Strafe erwarten.

Die Schiffchenmütze, dachte ich unwillkürlich und sah den Vater mitten unter diesen alten Männern sitzen, stumm wie die anderen. Hatten diese Männer, die da vor sich hin zu dösen schienen in der bleichen Sonne, zu jenen gehört, die vor fünfundzwanzig Jahren die Carmo-Kaserne belagerten, bis die Regierung aufgab?

Langsam ging ich an den Männern vorüber, blieb eine Weile stehen und setzte mich an einen der Tische im Café Chá do Carmo. Hier hatte sich Therese mit ihren trotzkistischen Freunden getroffen, hatte sogar ein Gespräch mit Otelo Saraiva, einem der Putschisten, geführt.

Die Männer draußen auf dem Platz saßen unbeweglich, aber geduldig, als warteten sie auf etwas. Auf die Aufgabe der Regierung? Das Hissen der Flagge? Die Übergabe des Ordens der Revolution? Oder auf die ersten Klänge des Liebesliedes von Paulo de Carvalho? Daß eine käme, in Blumen gekleidet und sich der Liebe hingäbe?

Der Vater war in jenen Jahren schon sehr krank gewesen. Nur selten raffte er sich auf, verließ, den Stock in der Hand, das Haus. Einmal wollte er, aus unerfindlichen Gründen, zu einem Treffen mit seinen Kameraden aus der Kriegszeit im Grenzschutz am Rhein.

Er war früher schon hin und wieder zu solchen Treffen gegangen. Diesmal äußerte er die Absicht mit Bestimmtheit. Es muß Ende der siebziger Jahre gewesen sein, wahrscheinlich 1979, kurz vor der Feier zur Mobilmachung der Armee. Vergeblich legte ich ihm dar, wir seien das einzige Land in Europa, das den Kriegsbeginn feiere. Das wollte er nicht hören.

Ich schlug ihm vor, ihn zu begleiten, nicht ohne den Hintergedanken, die Kriegsveteranen kritisch zu mustern, vielleicht gar über diese Feiern zu schreiben. Der Vater muß den Grund meiner Neugier geahnt haben, er änderte seine Meinung und wollte auf keinen Fall mehr zu diesem Treffen gehen, mit mir schon gar nicht.

Ich bestellte Kaffee und Kuchen und beobachtete durchs Fenster die Männer. Noch immer regte sich keiner. Ich sah den Vater friedlich unter ihnen, einer, der dazugehörte, endlich; still alles, nur die Fahne mit den Nelken flatterte im Wind.

Ich bezahlte und trat auf den Platz hinaus, Sträuße roter Nelken wurden ins Festzelt getragen, Lautsprecherproben peitschten durch die Stille. Von den Männern auf den Parkbänken blickte keiner auf, auch der Vater nicht. Ich ging an ihnen vorbei, drehte mich nicht um, nahm die Rua do Sacramento; ich lauschte. Nichts.

Das helle Licht auf dem Chiado blendete mich; ich hörte die blinden Musikanten.

Ich ging am Café A Brasileira vorüber, nahm die Treppenstufe zum Eingang von Nossa Senhora do Loreto, blickte von der Balustrade auf den Largo hinunter. Niemand war mir gefolgt. Ich winkte beinahe überschwenglich zu Camões hinüber, der auf seinem Denkmal wie Prometheus wirkte, gefangengenommen und daran gehindert, erneut in die Welt hinauszufahren und neue Länder zu entdecken.

In der Buchhandlung an der Rua da Rosa lagen auf einem großen Tisch die Bücher zum 25. Jahrestag der Revolution, Postkarten, Plakate, Kassetten.

Ich erstand ein Buch über die Veteranen, da waren die Gesichter vom Largo, auch das Gesicht des Vaters.

Der Vater hatte über seine Tätigkeit als Grenzsoldat im Krieg nie reden wollen. Ich hatte immer vermutet, daß er sich schämte wegen dieser Flüchtlinge, die, auch von ihm, über den Rhein zurückgeschickt worden waren in die Hände ihrer Häscher. Ich hatte ihm dieses Schweigen vorgeworfen, immer wieder. Vergeblich. Vielleicht, dachte ich jetzt, hatte er nicht erwähnen wollen, daß er dort Anna getroffen hatte, er, der Soldat, der sich zu früh verlobt und zu spät verliebt hatte.

Es war spät geworden, aus den Lokalen tönte der Fadogesang, schwermütig, unablässig: *o gosto de ser triste*. Ich suchte das Flor do Branco, das war immer der richtige Ort für ein spätes Bier gewesen. Dahin war Therese nach langen trotzkistischen Gesprächstagen gekommen. Ein spätes Bier gibt mir die Gelassenheit für den nächtlichen Sex, behauptete sie und wollte manchmal schon in der Bar oder auf dem Heimweg damit beginnen: Vielleicht war sie auch darin, oder vor allem darin, Schülerin ihres Meisters Trotzki gewesen, dessen Begriff von der permanenten Revolution sie in den vom permanenten Begehren des Fleisches umwandelte. Eine schöne Variation, dachte ich damals und machte rasch Fortschritte.

Mitternacht war längst vorüber, ich fühlte seit Wochen erstmals jene ruhige Gelassenheit, von der Therese immer gesprochen hatte, und hätte gegen eine Nacht voller Hingabe durchaus nichts einzuwenden gehabt.

Auf der Straße standen Gruppen von Menschen, darunter auch eine Schar junger Männer, die ein Transparent an die Hauswand gelehnt hatten, ein Protest gegen die Natoangriffe auf Serbien.

Niemand beachtete sie.

Ich bog von der Diário de Notícias zum Largo Trindade ab und kam direkt zurück zum Largo do Carmo.

Die Männer saßen nicht mehr da. Nur die Fahne der Nelkenrevolution flatterte im Frühlingswind.

Ich schlief lange und frühstückte dann im Chá do Carmo. Die Bänke auf dem Platz waren leer. Die Männer waren nicht zurückgekommen.

Aber aus dem Festzelt war Musik zu hören, Lieder der Nelkenrevolution. Eines erkannte ich, Grândola vila moreno, das Lied des Aufstandes, Grândola, der Name des Landstädtchens, von dem die rebellierenden Truppen aufgebrochen waren, um der Diktatur ein Ende zu bereiten: der Diktatur der Väter.

Die Gegend um den Cais do Sodré hatte etwas sympathisch Verwahrlostes bewahrt, viel Abfall der Mole entlang, den Geruch nach Fisch und Tang; vom Bahnhof her das Quietschen der Züge; und aus den riesigen Hallen des Mercado da Ribeira drangen die Stimmen der Händler. Ich setzte mich nah ans Wasser und schaute den Booten auf dem Tejo zu; dieses langsame Vorübergleiten in der Hast des Tages.

Es war schon später Nachmittag, als ich auf dem Busbahnhof von Cascais den Bus ans Kap bestieg. Der Himmel war wolkenverhangen, der Bus fast leer.

Warum ans Kap? Das Ende Europas, etwas Mythisches klang da mit, der Gedanke von Offenheit, von Weite, aber auch von Zurücklassen. Das gefiel mir, genauso wie mir der Gedanke gefiel, Portugal blicke aufs Meer und kehre Europa den Rücken zu.

Langsam fuhr der Bus in die Landschaft hinein, Dörfer, sanft geschwungene Hügel in einem kargen Grün,

Farne, Kakteen, Azaleen, hohe Eichen; lehmig gelbe Wege führten durch Felder; das Land schien weich in diesem Spätnachmittagslicht, die Sonne aufblendend, dann wieder hinter dichten Wolken, die vom Meer landeinwärts zu ziehen schienen, ein Gespinst und Gebräu, dem ich entgegenfuhr, vom Wind in Fetzen zerpflückt, in ausfransende Lappen. Ich hätte mir vorstellen können, endlos in diesem Bus zu sitzen und in die Nacht hineinzufahren, ohne das Ziel zu kennen, mich tragen zu lassen in diesem dämmernden Halbschlaf.

Einmal war ich mit Therese von El Paso nach Mexico City gefahren, es war eine ihrer verrückten Ideen. Weil ihr das Hotel in El Paso nicht gefallen hatte, war sie auf die Idee gekommen, einen Bus zu besteigen und in die Nacht hineinzufahren, bis an den Ort, an welchem der schon im Exil lebende Trotzki mit einem Eispickel ermordet worden war. Wir saßen in dem vollgestopften Bus, zwischen Indiofrauen mit Gemüsekisten, mit Hühnern und Kaninchen, mit Taschen und Schachteln. In dieser Nacht verloren Therese und ich die gemeinsame Sprache. Wir wußten mit einem Mal nicht mehr, was wir reden sollten. Ihre Worte schienen mir plötzlich banal, uninteressant und immer auf sich bezogen, ihr muß es umgekehrt ähnlich ergangen sein. Wir fielen in den Abgrund einer seltsamen Sprachlosigkeit: der andere unerreichbar. Warum gerade da? Am frühen Morgen saßen wir auf dem Busbahnhof von Mexico City, mit dem Rücken an unsere Trampersäcke gelehnt, und wir wußten beide, es war unsere letzte Reise. Wir hatten einander in dieser Nacht losgelassen, wie man eine Hand losläßt, die man noch eine Weile zögernd gehalten hat. Ich weiß noch, wie Therese zu weinen begann, wie sie von einem Weinkrampf geschüttelt wurde, der nicht mehr aufhören wollte. Ich saß da, neben ihr, hielt sie, spürte, wie sich etwas in mir löste, wie Erde, die langsam ins Rutschen kommt und nicht mehr aufzuhalten ist. Wir fühlten uns traurig und zugleich erleichtert. Wir fuhren ans Meer, in diesen mexikanischen Küstenort Mazatlan, mit den hohen Steilküsten und den Todesspringern, und verbrachten seltsam ruhige Tage, ein Leerraum zwischen unserer Vergangenheit und einer noch ungewissen Zukunft. In einer übertrieben pathetischen Geste ließen wir am letzten Tag unsere Eheringe ins Meer fallen, weit die Steilküste hinunter.

Nach der Rückkehr trennten wir uns endgültig. Die permanente Revolution war zu Ende.

Die Fahrt ans Kap dauerte nicht lange. Der Bus hielt vor einem niedrigen weißen Gebäude. Ich fragte nach einer Landkarte. Doch die Frau schaute mich nur kopfschüttelnd an.

Ich spazierte langsam hinunter zur Küste, durch halbhohes Gras, das im Wind zitterte, darin blühten wilde weiße Nelken; rötliche Felsen fielen ins Meer ab, Scharen von Vögeln glitten dahin: Falken, Schwalben.

Am Rand der Steilküste erhob sich ein Leuchtturm, einer Stele gleich, mit einer weißen Tafel: Cabo da Roca; darunter ein Vers von Camões: *Aqui ... onde a terra se acaba e o mar começa*. Über dem königlichen Wappen die Ortsbezeichnung: *Ponta mais ocidental do continente europeu*.

Der Wind wurde heftiger. Unter der Steilküste lag tiefblau das Meer, schillernd, die Augen blendend, wenn die Sonne für Augenblicke die Wolken durchbrach. Weit draußen trennte der Horizont das dunkle Blau des Meeres vom weißgestriemten Hellblau des Himmels. Zwischen den Felsen wuchs hier und dort ein Fleck Grün mit weißen und rosa Blumen.

Der Vater hätte die Namen gewußt.

Ich setzte mich, der Wind fuhr durch mein Haar.

Ich schloß die Augen und hörte den Vater sprechen, ein ruhiges Erzählen, ohne Hast, mit Pausen dazwischen, aber mit einer Leichtigkeit, gar Verspieltheit, wie ich sie vom Vater nie gekannt hatte.

Er erzählte von jenem Augenblick am Rhein, vom Warten auf Anna und vom kurzen Sommer der Liebe, von den Jahren der Krankheit und vom langen Sterben.

Er nannte die Namen der Blumen: die Grasnelke, die Stranddistel und den Seidelbast.

Und er sprach von den Vögeln, unterschied Wanderfalken und Turmfalken, erwähnte den Seeregenpfeifer und die Zwergdommel. Man muß die Namen kennen, betonte er, die Namen der Pflanzen und der Tiere und die Namen der Menschen, die einem nahe sind.

Die Stimme des Vaters klang ruhig und gleichmäßig, fürsorglich und nah wie an jenem Spaziergang das Tal hinauf, als ich, ein Kind noch, an seiner Hand ging: Er war da und erzählte.

Auf diesen Vater hatte ich gewartet, nicht nur mit dem nächtlichen Blick auf den Hof hinunter und auf den Kiesweg hinaus.

Er sprach vom Leben mit der Schuld. Kurz hielt er inne.

Wichtiger als die Schuld, und das klang schon zögernd, als würde seine Stimme sich verlieren, wäre das –

Der Wind schluckte das Wort.

Und Simon?

Ich fragte zaghaft.

Ihre Sehnsucht ging in den Norden, da hätte ihre Antwort gelegen.

Vom Meer her wurde der Wind kräftiger, lauter, ein Brausen, das alles erfüllte. In der Ferne entdeckte ich ein riesiges Fährschiff, das sich langsam durch die vom Sturm aufgerauhte See pflügte.

Ich horchte Vaters Stimme nach und dem Wind. Ich rief hinaus, ich wollte über Isabelle sprechen, über Therese …

Hörte ich die Stimme noch? Hörte ich sie überhaupt?

Ich schrie, aber der Sturm war laut, er fegte über die Felsen hinweg, über das Gras und die Blumen. Ich hörte nur meine eigene Stimme, die in den Wind rief; naß das Gesicht, die Wangen, regennaß. Ich streckte den Arm aus, öffnete die Hand. Ich blieb und ließ sie niederrinnen, all die Tarnfarben aus so vielen Nächten und Gefechten.

Meine Kleider waren schnell durchnäßt, regenschwer.

Ich stand, bis der Regen nachließ; die Dämmerung setzte ein, ein graues Licht, ein Schleier über der Landschaft.

Das Restaurant war geschlossen, der letzte Bus abgefahren. Oben am Hang entdeckte ich ein paar Lichter, ich nahm einen der sandigen Wege; die nassen Kleider klebten auf der Haut, ich hielt auf die Lichter zu.

Noch immer trug der Wind diesen Geruch von Meer und Weite heran, sanfter jetzt, weicher.

Ich klopfte an die Tür eines der Häuser, bat um Unterkunft; der Bauer wies mir eine Scheune zu, verkaufte mir Brot, etwas Wurst, eine Flasche Wein. Ich setzte mich unter das Vordach, kaute und blickte auf das Ende Europas. Genußvoll trank ich den leicht säuerlichen Wein.

Mitten in der Nacht erwachte ich, hörte den Regen, die Tropfen schienen auf einem Blech aufzuschlagen.

Hatte ich von Kristin geträumt?

Es war nach einer langen Liebesnacht gewesen, der Morgen dämmerte schon, Kristin und ich lagen noch wach, erschöpft, so voller Eindrücke, daß wir keinen Schlaf fanden. Wir lagen nackt auf dem Bett, ein kühler Hauch zog durch das gekippte Fenster, ließ unsere schweißnassen Körper leicht frösteln. Wir hörten, wie es regnete, die Tropfen klatschten auf das Wellblechdach unter dem Fenster, wir liebten uns, wir lauschten dem Regen.

Ich stand auf und trat vor die Scheune, das Ende Europas lag im Dunkel. Ich schlief noch einmal ein; als ich erwachte, war heller Tag. Ein verhalten klares Licht über Land und Meer, Seidelbast, Ginster. Ich würde die Namen behalten.

Ich freute mich auf den Kongreß in Belem, ich wußte, was ich zu sagen hatte.

Die Felsen am Kap lagen ruhig im Meer, der Leuchtturm wies in die Weite, fort, in den neuen Tag.

Ich verspürte Gelassenheit.

Und unvermittelt das Bedürfnis, mit jemandem zu sprechen.

Sollte ich Kristin anrufen? Oder Vera?

Ich wartete.

Der Autor dankt dem Aargauer Kuratorium
für die Förderung seiner Arbeit.

Urs Faes

Als hätte die Stille Türen

Roman
172 Seiten. Gebunden

Alles ändert sich für David Rudan, als er der Sängerin Simone Thalmann begegnet. Die Liebe zu ihr setzt ihn, den eine Krankheit lange zurückgeworfen hatte, in Bewegung. David bricht auf, schreibt, reist – und beginnt auf dieser Suche sich mit Alban Berg zu beschäftigen, mit dem Komponisten, für den sich alles änderte, als er sich in die Prager Jüdin Hanna Fuchs-Werfel verliebte. Über zehn Jahre schrieb er ihr Briefe; seine – unerfüllte – Liebe wurde ihm zum Antrieb für sein Schaffen, seine Musik.
Zwei Liebesgeschichten werden erzählt, die eine angesiedelt im Umfeld der Zweiten Wiener Schule, die andere in der Gegenwart, auf einer Reise von Zürich bis an die dalmatinische Küste. Sie finden zusammen in der Musik, in der Aufführung von Alban Bergs Violinkonzert. Ein Thema kommt, verdichtet sich, verschwindet, ein nächstes klingt an, dazwischen Pausen, Stille, die neue Türen öffnet: in der Musik, in der Liebe, im Leben.

»So gehen eine Künstlernovelle und ein Liebesroman aufs glücklichste ineinander auf.« *Frankfurter Allgemeine Zeitung*

NF 666/1/1.08

Urs Faes

Und Ruth

Roman
suhrkamp taschenbuch 3521. 180 Seiten

Die Frau auf dem Bahnhof, ist es wirklich Ruth, die geheimnisvolle Freundin eines Mitschülers von der Klosterschule, kaum verändert nach all den Jahren? Oder nur eine Einbildung? Zögernd erinnert sich der Erzähler: an den ersten Schultag, die strengen Regeln des Zusammenlebens im Internat, die Rivalitäten und Intrigen der Jungen, die Eigenarten der Lehrer, die ersten Erfahrungen mit Liebe und Liebelei. Immer wieder gehen die Erinnerungen zu Erich, dem verletzlichen Zimmergenossen von damals, der von den anderen verspottet wurde und – uneingestanden – beneidet. Was waren das für Briefe, die Erich zu seiner Verzweiflungstat trieben? Wer schrieb sie? Und welche Rolle spielte Ruth bei alldem? Sichtbar wird eine irritierende Liebesgeschichte, die bewegt und überrascht. Mit bohrender Intensität fragt der Roman nach Verantwortung und Schuld, ohne durch einfache Zuweisungen Entlastung zu gewähren.

»Kein Wort ist hier zuviel, vieles wird nur angedeutet, und doch ist sofort klar, daß es um Leben und Tod geht. ... Sicher ist, daß sich dieser Roman nicht aus den Händen legen läßt, ohne einen noch lange zu verfolgen.«
Frankfurter Rundschau

NF 672/1/2.08

Urs Faes

Ombra

suhrkamp taschenbuch 3029
240 Seiten

Die fiktive Lebensgeschichte des Renaissancemalers Piero della Francesca, die Liebesgeschichte von Osch, Dozent für deutsche Sprache in Perugia, und das Verschwinden des kunstbegeisterten Schriftstellers Lem Steffen im umbrischen Italien unserer Tage – wie verbinden sich Vergangenes und Gegenwärtiges?

»Nur selten gelingt es einem Autor, die Phantasie des Lesers so nachdrücklich zu beleben, und ebenso selten kommt es vor, daß man einen Roman nach der Lektüre gleich noch einmal lesen möchte. Beides hat Urs Faes geschafft (...) Dieser Autor ist fraglos die wichtigste Stimme aus der Schweizer Nachkriegsgeneration.« *Peter Mohr, Hannoversche Allgemeine Zeitung*

NF 475/1/5.03

Urs Faes

Alphabet des Abschieds

Roman
177 Seiten. Gebunden

»Gib sie wieder, sagt sie, als ob es seine Geschichte wäre.« Als ob es unsere Geschichte wäre – so erzählt Urs Faes unaufdringlich leise und bewegend von der Wiederbegegnung eines Mannes und einer Frau auf der Piazza della Rotonda an einem spätherbstlichen römischen Novembertag. Nach zwanzig Jahren sehen Paul, ein gescheiterter Maler, und Nicole, Chorsängerin auf Gastspieltournee, sich in der Ewigen Stadt wieder. Zufall, Fügung oder Schonfrist?
Zögernd lassen sie sich auf die Begegnung und erneute Annäherung ein, suchen nach den Worten, in denen sich über die furchtsam weggeschobenen Erinnerungen sprechen läßt. Ein spannend inszeniertes Geschlechter-Kammerspiel vor der Kulisse Roms, der ewig sterbenden Stadt.

»Eine wunderschöne, wenn auch schmerzliche Liebesgeschichte. Unaufdringlich und leise erzählt, poetisch und in heiterer Gelassenheit, alltäglich und doch ganz besonders.« *Rheinische Post*

NF 663/1/1.08

Urs Faes

Sommerwende

suhrkamp taschenbuch 1922
212 Seiten

Helen Melzer hat ihren Sohn ans häusliche Krankenbett gerufen, um ihm bisher Verheimlichtes aus ihrem eigentlich so unscheinbar geführten Leben zu erzählen. Ihre Erinnerungen führen zurück in den Spätsommer 1941, als die Lebensträume der damals Achtzehnjährigen von zwei Ereignissen jäh erschüttert werden: Helens Mutter wird niedergestochen, und bald darauf werden die jüdischen Familien durch einen Brandanschlag heimatlos gemacht und vertrieben. Zu ihnen gehört Simon Levy, der Geliebte von Helen. Zwei scheinbar zufällige Geschehnisse, die aber doch ein und derselben Geschichte zugehören, denn der Mörder und antisemitische Brandstifter Alfred König ist selbst nur ein Opfer, verhetzt und irregeleitet von einer jener schweizerischen Frontistenorganisationen, die mit dem nationalsozialistischen Deutschland paktierten.

»Ein packender Roman, eine Sozialgeschichte des alltäglichen Faschismus im literarischen Gewand.«
Rhein-Neckar-Zeitung

NF 665/1/1.08

suhrkamp taschenbücher
Eine Auswahl

Isabel Allende
- Fortunas Tochter. Roman. Übersetzt von Lieselotte Kolanoske. st 3236. 483 Seiten
- Das Geisterhaus. Übersetzt von Anneliese Botond. st 1676. 500 Seiten
- Paula. Übersetzt von Lieselotte Kolanoske. st 2840. 496 Seiten
- Porträt in Sepia. Übersetzt von Lieselotte Kolanoske. st 3487. 512 Seiten
- Zorro. Roman. Übersetzt von Svenja Becker. st 3861. 443 Seiten

Jurek Becker. Jakob der Lügner. Roman. st 774. 283 Seiten

Louis Begley
- Ehrensachen. Roman. Übersetzt von Christa Krüger. st 3998. 444 Seiten
- Schmidt. Roman. Übersetzt von Christa Krüger. st 3000. 320 Seiten

Thomas Bernhard
- Alte Meister. Komödie. st 1553. 311 Seiten
- Holzfällen. st 1532. 336 Seiten
- Wittgensteins Neffe. st 1465. 164 Seiten

Ketil Bjørnstad
- Villa Europa. Roman. Übersetzt von Ina Kronenberger. st 3730. 535 Seiten
- Vindings Spiel. Roman. Übersetzt von Lothar Schneider. st 3891. 347 Seiten

Lily Brett. Chuzpe. Übersetzt von Melanie Walz. st 3922. 334 Seiten

NF 266a/1/5.10

Lizzie Doron. Warum bist du nicht vor dem Krieg gekommen? Übersetzt von Mirjam Pressler. st 3769. 130 Seiten

Marguerite Duras. Der Liebhaber. Übersetzt von Ilma Rakusa. st 1629. 194 Seiten

Hans Magnus Enzensberger. Josefine und ich. Eine Erzählung. st 3924. 147 Seiten

Louise Erdrich
- Der Club der singenden Metzger. Roman. Übersetzt von Renate Orth-Guttmann. st 3750. 503 Seiten
- Die Rübenkönigin. Roman. Übersetzt von Helga Pfetsch. st 3937. 440 Seiten

Max Frisch
- Homo faber. Ein Bericht. st 354. 203 Seiten
- Mein Name sei Gantenbein. Roman. st 286. 304 Seiten
- Stiller. Roman. st 105. 438 Seiten

Carole L. Glickfeld. Herzweh. Roman. Übersetzt von Charlotte Breuer. st 3541. 448 Seiten

Philippe Grimbert. Ein Geheimnis. Roman. Übersetzt von Holger Fock und Sabine Müller. st 3920. 154 Seiten

Katharina Hacker
- Die Habenichtse. Roman. st 3910. 308 Seiten

Marie Hermanson
- Der Mann unter der Treppe. Übersetzt von Regine Elsässer. st 3875. 269 Seiten
- Muschelstrand. Roman. Übersetzt von Regine Elsässer. st 3390. 304 Seiten

Yasushi Inoue. Das Jagdgewehr. Übersetzt von Oskar Benl. st 2909. 102 Seiten

Uwe Johnson. Mutmassungen über Jakob. Roman. st 3128. 298 Seiten

James Joyce. Ulysses. Roman. Übersetzt von Hans Wollschläger. st 2551. 1008 Seiten

Daniel Kehlmann. Ich und Kaminski. Roman. st 3653. 174 Seiten

Magnus Mills. Die Herren der Zäune. Roman. Übersetzt von Katharina Böhmer. st 3383. 216 Seiten

Cees Nooteboom. Allerseelen. Roman. Übersetzt von Helga van Beuningen. st 3163. 440 Seiten

Elsa Osorio. Mein Name ist Luz. Roman. Übersetzt von Christiane Barckhausen-Canale. st 3918. 424 Seiten

Amos Oz. Eine Geschichte von Liebe und Finsternis. Roman. Übersetzt von Ruth Achlama. st 3788 und st 3968. 829 Seiten

Ralf Rothmann. Junges Licht. Roman. st 3754. 236 Seiten

Hans-Ulrich Treichel
- Anatolin. Roman. st 4076. 188 Seiten
- Menschenflug. Roman. st 3837. 234 Seiten

Mario Vargas Llosa. Das böse Mädchen. Roman. Übersetzt von Elke Wehr. st 3932. 395 Seiten

Carlos Ruiz Zafón. Der Schatten des Windes. Übersetzt von Peter Schwaar. st 3800. 565 Seiten

NF 266a/3/5.10

Das Buch

Dieses Werk des Physikers und Philosophen Carl Friedrich von Weizsäcker ist kein Lehrbuch, in dem die verschiedenen Theorien der Physik demonstriert werden – diese Kenntnis wird vorausgesetzt –, sondern es berichtet nach den Worten des Autors »über einen Versuch, die Einheit der Physik zu verstehen. Diese Einheit hat sich in unserem Jahrhundert in unerwarteter Form zu enthüllen begonnen. Der wichtigste Schritt dazu war die Entstehung der Quantentheorie. Deshalb ist der Schwerpunkt des Buches das Bemühen, die Quantentheorie zu verstehen. ›Verstehen‹ bedeutet hier nicht bloß, die Theorie praktisch anwenden zu können; in diesem Sinne ist sie seit langem verstanden. Es bedeutet, sagen zu können, was man tut, wenn man die Theorie anwendet. Dieses Bemühen hat mich einerseits, reflektierend, in die Grundlagen der Theorie der Wahrscheinlichkeit und der Logik zeitlicher Aussagen geführt, andererseits, vorschreitend, in einen, wie mir scheint, aussichtsreichen Versuch, die Theorie so fortzubilden, daß aus ihr auch die Relativitätstheorie und ein Grundgedanke für die Theorie der Elementarteilchen abzuleiten wären. Wenn dieser Versuch Erfolg hätte, käme man der realen Einheit der Physik als verstandener Theorie einen Schritt näher. Das Verständnis der Einheit der Physik ist andererseits wohl Vorbedingung der Einsicht in ihren philosophischen Sinn, also in ihre Rolle bei unserem Bestreben, uns der Einheit der Wirklichkeit zu öffnen. Dies schließlich dürfte nötig sein, wenn wir verstehen wollen, was die Naturwissenschaft für die Entwicklung der neuzeitlichen Kultur bedeutet, als Schlüssel zu tiefen, wirkungsvollen und lebensgefährlichen Einsichten.«

Der Autor

Carl Friedrich von Weizsäcker wurde 1912 in Kiel geboren. Er studierte Physik und promovierte 1933 bei Werner Heisenberg, habilitierte sich 1936, arbeitete am Kaiser-Wilhelm-Institut in Berlin und lehrte theoretische Physik an den Universitäten Straßburg und Göttingen. 1957–1969 Ordinarius für Philosophie in Hamburg. 1970–1980 Direktor des Max-Planck-Instituts zur Erforschung der Lebensbedingungen der wissenschaftlich-technischen Welt in Starnberg. Zahlreiche Veröffentlichungen zur Physik, Philosophie und Zeitkritik, zuletzt ›Der Mensch in seiner Geschichte‹ (1991) und ›Zeit und Wissen‹ (1992).